お釈迦さま以外はみんなバカ

高橋源一郎
Takahashi Genichiro

インターナショナル新書 025

目次

第二章　太腿《ふともも》といふ指定席

第三章　穴があくほど見る……君の視線はレーザー光線か!?

第四章 接吻されて汚れた私

まえがき

当然のことだけれど、わたしたちは、本のことを、ただ「本」と呼ぶ。他に呼びようがないと思っているからだ。

「本屋に行ったら、好きな作家の新しい本が出ていたので、買って読んだ」とか。

「教養のために、まずなにより本を読みなさい。スマホもいいけど」とか。

こんな具合に「本」ということばを使う。けれども、ただ「本」と呼ぶのではなく、もう少していねいに説明した方がいい場合だってある。たとえば、

「無人島に持ってゆく三冊の本」とか。

「大好きな本」ではなく「これから読みたい本」でもなく「いままで読んでいちばん面白かった本」でもない「無人島に持ってゆく三冊の本」。さて、その三冊には、どんな本を

選ぶことになるのだろう。そのとき、わたしはどんなことを考えるのだろう。そう、本は、読むためにあるだけではなく、読む前にもいろいろなことをわたしたちに教えてくれるのだ。

タレント（で、たいへんな読書家の）水道橋博士と「刑務所に入るとしたら持ってゆきたい本」をテーマに公開でお話をしたことがある。そのときもまた、ものすごく面白かった。これはもう、その本を選んで持ってゆくためには、なんとか刑務所に入るしかない、と思ったぐらいだ（わたしは実際に、刑務所というか拘置所に半年以上入って、読書に専念したことがあるので、リストを選ぶならまかしてください）。

さて、この新書で紹介しているのも、ただの「本」ではない。「ラジオで読む本」だ。わたしは、NHKの「すっぴん！」という四時間の生のラジオ番組でパーソナリティーをやらせていただいている。二〇一二年に始まった番組は今年で七年目、その中に、「源ちゃんのゲンダイ国語」という、およそ十五分のコーナーがある。そこで、わたしはずっと、本を紹介しつづけてきた。ラジオという形、十五分という時間、そんな制約があるからこそ面白い。そんな場所にふさわしい本を考え、探し、見つけた後は、どう話すかを考える。

そのコーナーに、わたしがしゃべるために書かれたシナリオはない。ぶっつけ本番だ。

よく覚えているけれど、一回目に選んだのは、宮崎駿さんの『風の谷のナウシカ』のマンガ版だった。そもそも、目で見るために描かれたマンガのセリフを朗読したのだった。やり方はいろいろ。本の中身をざっと紹介することも、著者の話をすることも、わたしとその本の関わりについて話すこともある。そして、もちろん、いちばん大切なのは、その本の「中心」、あるいは「核」と思える場所を朗読してみること。わたしの声に載せて、その本の「声」が伝わるといいなと思う。真剣な声、悪戯《いたずら》好きな声、子どもっぽい声、長い時間の年輪が伝わってくるような声。しゃべりながら、わたし自身が、その本の「声」に耳をかたむける。そして、ただ読んでいるだけでは気がつかなかったことに、気づくのだ。

一冊の本が十五分の「声」での紹介と朗読になる。その「声」を、今度は紙の上に蘇らせることになった。頁を開いて、「声」に耳をかたむけてください。

第一章　文章自体が「踊り念仏」

三十一文字のラヴレター

昔、昔あるところに、若い男女がいた。その若いふたりはたちまち恋に落ちた。それは、珍しいことではないだろう。そして、その恋は実り、結婚し、子どもが生まれ、さらに年月がたち、そのカップルの一方、女性の方が癌にかかった。それもまた、そんなに珍しいことではないかもしれない。闘病生活が始まり、家族はその女性を支えた。だが、病魔は、ついに彼女の生を奪う。そういう場合もあるだろう。最後の最後まで、男は女を、女は男を、愛し続けた。それもまた、ごく稀にある例なのかもしれない。だが、その男女が両方とも、優れた詩人、いや、この国を代表する優れた歌人だというのは？

そんな話は聞いたことがない。そして、最後まで、ふたりの間で、ラヴレターにも似た愛の歌が交換されていたとしたら？　それはもうはっきりいって、世界史に残る偉業ではないかと思う。そう、河野《かわの》裕子・永田和宏の『たとへば君《きみ》　四十年の恋歌』（文藝春秋）は、いまわたしが書いたような内容の本なのだ。つまり、空前絶後の本、ということである。

河野裕子は昭和二十一年（1946年）に、熊本県に生まれた。

永田和宏は昭和二十二年（1947年）に、滋賀県に生まれた。

ふたりは、昭和四十一年にともに大学（京都女子大学と京都大学）に入学。ふたりは、同じ短歌の同人誌に加わり、そこで出会う。

たとへば君　ガサッと落葉すくふやうに
私をさらつて行つてはくれぬか　河野裕子

きみに逢う以前のぼくに遭《あ》いたくて
海へのバスに揺られていたり　永田和宏

その頃、河野には、別の恋人がいたのだが、その悩みを河野は、このような直截な思いでぶつけた。「ガサッと落葉すくふやうに」だ。これはもう、青春映画の永遠の名作『卒業』（一九六四年。ラストシーンで、ダスティン・ホフマンが愛する彼女の結婚式に乱入し、そのまま花嫁をさらっていく）を超えている。一方の永田の歌も素晴らしい。若者の恋は、とりわけ、青年男子の気持ちは、こうなのである。

言ひかけて開きし唇の濡れをれば
今しばしわれを娶らずにゐよ　河野裕子

いだきあうわれらの背後息あらく
人駈けゆきしのち深き闇　永田和宏

ふたりの若い愛情はどんどん深まってゆく。その頃の歌だ。愛を交わすうちに、ふたりは「結婚」を意識するようになる。でも、それよりももっと深い官能が若者たちを揺り動かしているのである。

しんしんとひとすぢ続く蟬のこゑ

産みたる後の薄明に聴こゆ　河野裕子
森閑と冥き葉月をみごもりし
妻には聞こえいるという蟬よ　永田和宏

付き合って五年ほどでふたりは結婚。この年、河野が第一歌集を作った。翌年、長男が誕生。それから二年で、長女が誕生、永田が第一歌集を出した。
そして、彼らは、その愛と生活を、日々、歌に変えていったのである。

米研ぎて日々の飯炊き君が傍《へ》に
あと何万日残つてゐるだらう　河野裕子
たった一度のこの世の家族
寄りあいて雨の庇《ひさし》に雨を見ており　永田和宏

つまり、優れた歌人たちが家を作るということは、そのことによって、生活そのものが、愛そのものが鍛えられ、一つの芸術としかいいようのないものに変化するということなのかもしれない。ふつうの恋人たち、ふつうの夫婦が、かつての緊張を失ってゆくのに、このふたりは、最初に出会った時の、激しさや緊張を、歌を作ることによって保ち続けていたのかもしれないのである。

長い時を過ぎ、やがて、河野が癌になる。ふたりの愛の最終局面はこんな風に歌われてゆく。

一日に何度も笑ふ笑ひ声と
笑ひ顔を君に残すため　　　　　　河野裕子

一日が過ぎれば一日減つてゆく
君との時間　もうすぐ夏至だ　　　永田和宏

そして平成二十二年（２０１０年）八月、河野裕子は亡くなる。絶筆が次の歌だ。河野はもうペンを持つ力もなく、永田が、河野の口もとに耳を寄せて、この歌を書きとめたのである。

手をのべてあなたとあなたに触れたきに
息が足りないこの世の息が　　　河野裕子

キラキラネーム（もしくはDQNネーム）についての考察

キラキラネーム、もしくはＤＱＮ（「ドキュン」と発音するそうです）ネームが、この国を徘徊《はいかい》している。「洋子」とか「弘子」といった昔懐かしい名前ではなく「亜里沙」（ありさですね）といった洋風で、ロマンチックな名前を、さらに一層過激に推し進めた、猛烈に可愛いともやりすぎともいえる、そしてなにより、そこで使われている漢字を見ても、発音することができない一群の名前のことである。ほんとうに、どう読めばいいのか、わたしのような教師は、たいへん困惑している。

たとえば、（大学）一年生の授業に出て、名簿で名前を呼ぶとするでしょう。半分以上は、読めないいんですよ！　アメリカ人の名前は読めるのに、どうして同じ日本人の名前が読めないいのか。まるでわからない。

というわけで、つい最近、ある名前に関するサイトで発表された「２０１３年度ベスト・オブ・キラキラネーム」（リクルーティングスタジオ提供）のリストを見ながら、なぜこの国で、異様なほどそのような名前が流行《はや》るのかを考えてみようと思ったのだ。

リストに載っているのは30。なので、第30位から順に見ていきたい。

30位「雅龍」。さて、なんと読むのでしょうか。ほら、わからないでしょう。が……がりゅう？　ちがいます。「がある」である。しかし、「雅」が「が」で「龍」が「る」だとしたら、「あ」はどこから来たのだろう。子どもに名前をつける場合、漢字をどのように読んでもかまわないらしいのだ。ほんとに不思議である。それにしても、当然、この名前は、女の子につけるのでしょうね。

28位「緑夢」。もちろん、りょくむ……ではありません。これは、なんと「ぐりむ」なのだ！　なるほど、いわれてみれば、「みどりのゆめ」だから「ぐりーん&む」で、おかしくはない。とはいえ、子どもの名前が「ぐりむ」じゃあ、その子に童話を読んであげるより、その子に読んでもらった方がいいのかも。

27位「頼音」。これは、なんとなくわかるでしょう。そのまま読めばよろしい。「らいおん」である。わたしがパーソナリティをやらしていただいている「すっぴん！」というN

ＨＫラジオ番組の、別の曜日に出ていらっしゃるダイアモンド☆ユカイさんの息子さんがその名前だ。あれ？　お父さんこそ、ほんとのキラキラネームじゃないか……。

ぐっととんで、これは如何。

15位「姫凛」。ひめりん……いや、きりん……。ぜんぜん違う。これ、「ぷりん」と読むのだそうだ。「凛」はいいけど、「姫」が「ぷ」ってなぜ、と疑問を感じる方、さっきも申し上げたように、漢字をどう読んでもかまわないのだ。食べたいぐらい、可愛いから「姫凛」、それでいいのだよ。

12位「本気」。イヤな予感がするでしょう。このことばが、最近、どのように発音されているか、わたしだって知っている。「まじ」。えっ？　ほんとに、これ、名前なのに、そう読むの!?　高橋本気、で、たかはしまじ君。なんか変だ、と思うわたしは、古いのだろうか。この名前をつけた親は、絶対、ヤンキーだと思うのだが。

8位「今鹿」。なんだか、こちらはもっとイヤな予感がするでしょう。まさか、と思うでしょう。そのまさか、なんですよねえ。「今鹿」で「なうしか」。「今」が「なう」……いや、そんなことはどうでもいいし、「なうしか」ちゃんとつけるのもいいけど、「今鹿」

はないような気がするのだけど。

3位「姫星」。これは最初に正解を発表しよう。「きてぃ」である。「姫」を「き」と呼ぶのはいい。でも、「星」が「てぃ」……わかっている、イメージなんだ、全部。「姫」と「星」、可愛いもの全部を集めたもの、それが「きてぃ」ちゃんなのだ。たぶん。

2位「黄熊」。いや、だから、黄色くて熊で、可愛いものといえば？　そう、あれです。わたしの家にもぬいぐるみがある……「ぷう」です。でも、この子を呼ぶ時は「ぷうちゃん」でいいのだろうか、やはり「ぷうさん」？

1位「泡姫」。ギョッとしました？　正直にいってください。子どもにそんな名前をつけるなんて、と思ったでしょ？　いくら親でも、そんな権利はないと。実はわたしもそう思った。ご心配なく、「泡姫」は「ありえる」と読んで、アンデルセンの「人魚姫」にも出てくる、空気（や泡）の精霊の名前であり、「人魚姫」を原作にしたディズニーの「リトル・マーメイド」のヒロイン（の人魚）の名前であって、特殊な風俗嬢の別名ではないのである。

さて、みなさんは、このリストを見て、どのようにお考えになっただろうか。キラキラネームは可愛いものばかりだ。それも、たいていは外国製の可愛いものだ。外国製の可愛いものを漢字で読めるようにする。それは、外見は日本人であるまま、外国人になりたいという、日本人の奥底にある願望の表れではないのだろうか。ちなみに、うちの子どもたちは、錬太郎に伸乃介で、純和風です。

お父さん、だいじょうぶ？　だいじょうぶ……じゃないかも

『お父さん、だいじょうぶ？　日記』（リトルモア）は、まだ小さい三人の男の子のお父さんである、カメラマンの加瀬健太郎さんがブログに載せた文章（と写真）をまとめたものだ。内容は、「お父さん、だいじょうぶ？」的なものだ……いや、お父さんだけではなく、生きていれば誰だって、「だいじょうぶ？」と感じるときは多いのではあるまいか。そんな生きとし生けるものすべてに向かって、この本は「だいじょうぶ？」と訊ねているのである。

「1月15日（金）　なまえ
　下の子に、『ママって呼んでるけど、ママの本当の名前知ってるか？』と聞いたら、
『奥さん』って答えた」

そうじゃないんだ、息子よ。ほんとに。でも、確かに、家族のほんとうの名前が何なのか、家族の中で確認したりはしないよね。試しに、みなさんも、一度、訊ねてみてはどうでしょうか。

「7月21日（木） いいね
僕は計算が得意でないので、嫁さんが確定申告をしてくれている。だから、出費があると領収書かレシートを嫁さんに渡すことになっている。なので、僕の行動はだいたい把握されている。その領収書を見て嫁さんは、『いいね、あんたは一人でコーヒー飲めて』『子どもほっといて、お酒飲みに行けていいね〜』『てんやの天丼食べれていいね』『一人で映画見に行けていいね』『1500円のカレー食べたん？ いいねー』『一人で新幹線乗れていいね』他、いいね！ ボタン押しまくる」

そうじゃないんだ、嫁さんよ。ただ楽しみのためにコーヒーを飲んだり、映画を見に行ったりしてるんじゃないんだ。頭の中はフル回転してるんだ。ぜんぶ仕事の一環なんだ。わかってくれ！　お願いだ！　えっ？　それ……キャバクラの領収書です……。

「10月15日（土）グーマ③　お姫様

週末、グーマ（高橋注。加瀬さんの義理のお母様である。グランマの略ですね）とみんなで車に乗っていた時のこと。『ママは女忍者。ニイニイは忍者。パパも忍者。グーマは女忍者』下の子はみんなを忍者にして遊んでいた。するとグーマが、『ね～ね～、グーマは～、お姫様がいいな～』と甘い声で言った。僕は、『またキッツイこと言うとんなー』と思ったけど、いつものことなので、黙って運転を続けていた。すると下の子が、『こんなおばさんのお姫様がいるかよー』と叫んだ。こーちゃん、パパの言いたいことを言ってくれてほんまにありがとう。念のために言っておきますが、僕とグーマは、仲良くやっていると僕は思っています」

そうじゃないんだ、息子よ。グーマは、ほんとうにお姫様なんだよ！　悪い魔女に呪いをかけられて、おばあさんになってしまったの！　だから、呪いが解けると、ちゃんと、可愛いお姫様になる……と思うよ。たぶん。わかった？

「3月6日（月）　結婚相手

下の子が結婚相手を決めた。内緒だよと耳元でこっそり相手の名前を教えてくれた。突然の告白に驚いていると、『でもさ、10年早いんじゃない？』と上の子が知ったように言う。10年後でも14歳やからそれでもまだ早いと思う。内緒なのでお相手が誰とは書けないけど、その子は、僕が幼稚園にお迎えに行くと、笑いながら僕の手を舐めてくる。『臭くなるからやめて』とその子に言うと、笑いながらもっとしてくる。下の子は、なかなか見る目がある」

そうじゃないんだ、息子よ。確かに、その子はすごい。男を落とすテクニックを生まれつき身につけているのかも。狙った相手の父親の手を舐めるなんて、そんなリスキーな手段、ふつうは思いつかんぞ！　だからこそ、息子よ、おまえのレベルで、その子の相手ができるんだろうか。いや、頼りになりそうだからなあ……あの、息子をお願いします！

「5月24日（水）　いちばんじゃなきゃ

僕が家で仕事をしていると、こーちゃん（真ん中の子）が『パパが世界でいちばん大好きだよ』と言いに来た。ママを赤ちゃんに取られ、兄を小学校に奪われ、暇そうにしている僕が繰り上がったとしか思えない。夕方、こーちゃんと公園に行った。僕は、今までにないくらい本気で遊んだ（携帯を見るなんてしない）。世界一の座は誰にも譲らない」

息子よ……きみ、もう、パパなんかどうでもいいと思ってんだろうなあ……。

姉ちゃん、ごめん！

あるところに、ひょうきん者の男の子がいた。男の子は、ずっと前から気になっていた、姉ちゃんの「封印」と題されたノートを覗いてみた。そこには詩が書いてあった。それも、姉ちゃんが、小学生・中学生時代に書いたものだ。いい！　なんか、すごくいい！　そして、弟は、黙って、姉ちゃんの書いた詩を、ネットの掲示板にアップした。「いい！」と感じたのは、弟だけではなかった。世間の人たちは、「姉ちゃんが昔、書いた詩」を見つけたのだ。ものすごい量の反応が押し寄せた。隠しきれなかった弟は、姉ちゃんに告白した。「なんてことするのよ！」と姉ちゃんはいった。でも、ほんとうのところ、姉ちゃんはちょっとだけ嬉しくもあった。いつかだれかに読んでもらいたくもあったからだ。騒ぎはさらに拡大し、ついに、「姉ちゃんの詩」は、大手の出版社・講談社から出版されることになった。こういうのって、もしかして、現代のシンデレラ物語なのかも。ちなみに、その姉ちゃんは、現在、結婚して、雀荘でアルバイトをされているそうである。やるね、姉ちゃん。ちなみに、詩集のタイトルは『姉ちゃんの詩集』（そのまま）、著者の名前は「サマー」……って……。

「『就職』

私はこの家に就職するぞー!!

だからおこづかいは千円がいいいな」

素晴らしい。まだ小学生なのに家というものの本質を摑《つか》んでいるではないか。家というものは、未来永劫に存在するものではなく、父親と母親が作った会社のようなものなのだ。その、新会社の社員が子どもたちであり、給料がお小遣い、というわけである。「大塚家具」のお家騒動をみていると、それが真実であることがよくわかると思う。

「『藤井』

私は藤井が嫌いです
藤井も私が嫌いだそうです
でも告白されました
でもお断りしました
私は本当に藤井が嫌いだったからです
ごめんね、藤井
学校おいでよ」

この詩を読んで、わたしは涙を禁じえなかった。これほど直截に恋愛が歌われたことがあったろうか。しかも（たぶん）小学生なのに。いや、小学生だからこそ、愛の普遍的な真実を知ってしまったのかもしれない。「嫌い」なのに告白する。あるある。ほんとうは「嫌い」じゃないんだ。でも、相手の方は、ほんとうに「嫌い」だった。イタい……イタすぎる。でも、サマーちゃんは、きちんとフォローまでしている。個人の内面と学校での人間関係は違う、ちゃんと分けなきゃいけないことを知っているのだ。

「『平和』

ないない！
どこにもないよ！
平和ってどの地域にあるの!?!?!?!?!?!?!?
アメリカ!?
フランス!?
日本はないよ!!
だって知ってるよ！！！」

サマーちゃんは、十年前に、現在の日本を予言していたのではないか。安保法制に憲法改正、ヘイトスピーチ。もしかして、姉ちゃんは、超能力者？　いや、そうではない。敏感すぎる感受性を持つ姉ちゃんは、このとき、すでになにかを感じていたのだ。

「『月』

うさぎにみえない
どうしてもうさぎにみえない
私にはニューハーフのおじさんに見える
目がおかしいのか頭がおかしいのか
世界がおかしいんだ
どこがうさぎなんだろう
ほんとうにわからない」

この詩を読んだあと、わたしは外に出た。なんと！　月が出ていた。うさぎにみえ……

ないのだ。ニューハーフのおじさんに……もみえない。いったい、これは何にみえるのか……真剣にみすぎて、吐き気がしてきたので、みるのを止めた。世界が一変する詩ではないか。そんな詩を書いたのが（たぶん）中学生なんて！　負けた……負けたよ、サマーちゃん。もう一度、修行しなおしてきます。

「ラブホの上野さん」の文章指南

上野さんは、有名ラブホテルのスタッフである（らしい）。その上野さんが主人公になったマンガ『ラブホの上野さん』（KADOKAWA／メディアファクトリー）は、異例の大ヒットとなった。ラブホテルが舞台だからといって、エッチなシーンがあるわけではない。モジモジして、なかなか関係が進展しないカップルの前や、なんとかいい感じになった彼女ともっといい感じになりたいと悩む男の子の前に、突然、上野さんが現れ、どうすればうまくいくか、について含蓄のある意見をいう。そして最後の決めゼリフは「成功の際には、ぜひ当ホテル『五反田キングダム』をご利用くださいませ」。二十代という触れ込みにもかかわらず、人間の心理の綾をついた、そのことば。すごいんです。

……と思っていたら、マンガ『ラブホの上野さん』のスピンオフ（？）本『ラブホの上野さんの恋愛相談』（KADOKAWA）が出現したのである。恋愛相談本マニアのわたしとしては、当然、手にとり、読んだ。そして、衝撃を受けたのである。マンガの方は、面白いとはいえ、他のジャンルだった。ところが、『恋愛相談』には、上野さんが書いた文章がおさめられている。そういう意味では、わたしと同じ土俵にのってこられた。こちら、マンガよりもさらにすごかったんです。

たとえば、「お悩み」はこうである。

「出会いが少なくて困っています。どうしたら出会いを増やせますか?」

それだけ。シンプルといえばシンプルだが、答えるのはなかなか難しい相談ではないだろうか。この相談の回答を、上野さんは、まずこんな文章から開始するのである。

「私は男ですので、化粧品に本来縁がないのですが、よくデパートの化粧品売り場に足を運びます」

えっ、なに、これ？　出会いを増やすことと化粧品売り場といったい、なんの関係があるんでしょうか。ぜんぜんわからない。けれども、上野さんは、素知らぬふりをして、化粧品売り場を観察する。そして、そういう場合、「お客様がいないときのスタッフの姿」に注目している、というのである。まだ、意味がわからない。

「最悪なのは、おしゃべりをするスタッフ。最高なのは、近くを通るお客様に気を配りながら、店舗の整頓を行うスタッフ」

そして、上野さんは、機転をきかして「プレゼントですか？」と声をかけてくれた店舗のスタッフのことを書きながら、ココ・シャネルのこんなことばを引用する。

「『その日、ひょっとしたら運命の人に出会えるかもしれないじゃない。その運命のためにも、できるだけかわいくあるべきだわ』」

そう、だんだんわかってきました。いい店舗のスタッフは、どんなときでも気を配る。それは、いつ、どこから、お客様が見ているかもしれないから。そして、ここまで書いて、やっと回答に到達するのである。

「さて『出会いがない』と言われる方もまた、今回の例で出した悪い店舗のようなことをされているのではないでしょうか？　彼氏と会っているとき。好きな人と会っているとき。こういったときに、気を抜く女性はほとんどおりません。ですが、彼氏がいないときや好きな人と会うわけではないとき。そういったときですと、ついつい気を抜いてしまう方は少なくありません」

でもねえ、そんなに一日中、かわいくしているのは難しくない？

「もちろん四六時中『いちばんかわいい自分』であれ、と言うつもりは御座いません。ですが、いままでより少しでも多い時間、『いちばんかわいい自分』であれば、出会いは増えることと思います。いつ素敵な人と出会うかはわかりません。合コンのときだけ気を張ったって、出会う男性はせいぜい5人程度でしょう。それよりは、普段の生活で会っているはずの何万人もの『他人』の中から、恋人を探すほうが建設的かと思います」

パーフェクト……。上野さんに、座布団十枚持ってきて!! っていいたくなる、見事な回答である。綿密な論理は長い文章の終わりに、みごとに着地している。それを支える、なんだか、召使みたいな「下から目線」の文体も素敵だ。これなら、相談する人もリラックスできるだろう。この他、珠玉の回答が、この本の中に目白押しなのだが、いったい、この人の正体はなんだろう、って思いますです。マジで。

いちばんの天才は「偶然」だった

タイトルを読んでも、なんのことだかさっぱりわからないのではないだろうか。「いなにわ」さんは、あるとき、気づいた。「一見、何の変哲もない普通の文章の中に、偶然57577のリズムが含まれている」ことを。たとえば、ウィキペディアにこんな文章がある。

「踊り念仏は、鎌倉時代には一遍上人が全国に広めたが、一遍や同行の尼僧らは念仏で救済される喜びに衣服もはだけ激しく踊り狂い、法悦境へと庶民を巻き込んで大ブームを引き起こした」

これは、みなさんも日本史で習う「踊り念仏」を説明した文章だ。しかし、よく読んでみると……ほら、「念仏で／救済される／喜びに／衣服もはだけ／激しく踊り」の部分がみごとに57577になっていることに気づくのである。なんか、こう、ファンキー、っていうの？　文章自体が「踊り念仏」になっていると思いませんか？　もちろん、偶然、57577になっているのはこの文章だけではない。あらゆるところに見つけることができるのである。この発見に衝撃を受けた「いなにわ」さんは、本職のプログラマーとしてのスキルを発揮して、文章中からこのような「偶然短歌」を見つけるプログラムを作った。それをもとに発表したのが、『偶然短歌』（いなにわ、せきしろ著、飛鳥新社）である。ちなみに、「せきしろ」さんは、「いなにわ」さんの「偶然短歌発見装置」がウィキペディアから捕獲した5000首（！）にものぼる「偶然短歌」から100首を選び解説を書いていらっしゃる。

「アルメニア、アゼルバイジャン、ウクライナ、中央アジア、およびシベリア」

当たり前だが、完璧に57577になっていることに感銘を受ける。とにかく、「および」が圧倒的に素晴らしい。いったいどうして、「および」ということばが浮かんだのだろう。おそらく、これを書いていた人物は無意識の中に選んだのではないだろうか。ただ、地名を連呼しているだけなのに、遥か遠い中央アジアの風景が浮かんでくるような気がするのだが。ちなみに、これはロシア正教から生まれた「モロカン派」と呼ばれる人たちが追放された地域の名前が羅列してあるだけなんだそうだ。

「柔道部・バレーボール部・卓球部・ハンドボール部・吹奏楽部」

「一宮市立北部中学校」に関する記述である。この順番でなければ５７５７７にならないのだから、あえてこの順番にしたということだろうか。やるね、書いた人（誰だかわからないけど）。解説の「せきしろ」さんがおっしゃるように「部活の音」が聞こえてくるようだ。まさに青春の歌ではないか。

「その人の読む法華経《ほけきよう》を聞きながら眠りについて、そしてそのまま」

そしてそのまま、どうなったんだ……。おそらく死んでしまったのではないか。それしか予想できない。その通り！　これは「櫻間伴馬《さくらまばんま》という能楽師の最期」について書かれたウィキペディアの中の文章だそうです。これだけで、なんか泣けますよね。

「事故にあう心配の無い安全な場所で行う必要がある」

解説を書いている「せきしろ」さんのいうとおり「たいていのことはこの歌の通り」である。そういう意味では、安全週間の標語として、永遠に使える一文ではないだろうか。それにしても、これはいったい、何を説明している文章の一部だと思いますか？　まるで見当がつきませんね。花火？　スキー？　と思っていたら、正解は「雪だるまづくり」。なるほど。雪だるまにすら、これほど用心深い対応ができるなら、不幸な雪崩《なだれ》事故にあったりもしないはずだ。

「小説を書き始めるが、そのことで、大事なものを失っていく」

ギクッとするのはわたしだけだろうか。しかも、こんな大切なことを57577に載せて歌うとは、ただ者でないのは確か。

とまあ、こんな具合に100首が掲載されているわけだが、はっきりいって、わたしが歌人だったら、嫉妬するかもしれない。いや、とりあえず、「偶然短歌発見装置」を作って自分で探してみるかも。その場合、見つけた歌の著作権は誰にあるんでしょう?

「大阪おばちゃん語」が世界最強なんやて

父方の実家は大阪にあった。わたしも大阪で育ち、神戸の中学・高校に通った。なので、関西弁が時々出ることがある。大学に入ってからは、ずっと関東に住んでいるので、「ニセ」の関西弁だが。当然のことながら、親戚にも「大阪のおばちゃん」が多数いる。というか、母親も「大阪のおばちゃん」だった。七十歳を過ぎて、いきなり金髪に染めたり、とんでもなく派手なファッションをしていた。そうだ。確かに、豹柄も好きで、サングラスなんかかけたりしていたっけ。「枯れる」ということをぜんぜん知らないおばちゃんだった……。

ゼミの学生に「『大阪のおばちゃん』のイメージは？」と訊ねたら「アメちゃん、くれる人？」と答えた。そやそや。大阪のおばちゃん（この人は、ほんとうに「叔母」だったけど）、すぐに「ゲンボウ（そういわれてました）、アメ食べる？」といって、アメちゃんをくれた。アメちゃんだけじゃなく、湿気《しけ》たセンベイとか、全部くっついて一個になったかりん糖とか、賞味期限が3年前に切れた羊羹《ようかん》とかもくれた。ほんとうに親切だった。面倒見が良くて、よくしゃべり、お節介だけれども、嫌いになれない。ほんとうに、「大阪のおばちゃん」は、日本が世界に誇る「無形文化財」なのかもしれない。

（たぶん）そう考えたからだろう。「日本国憲法」を「大阪おばちゃん語」に訳してみては、と思いついたのは。

というわけで、『日本国憲法　大阪おばちゃん語訳』（谷口真由美著、文藝春秋）である。この本、タイトル通りの中身なのだが、すごいのは、「憲法」だけではなく、本文も「大阪おばちゃん語」なのだ。谷口さんは、こう書いていらっしゃる。

「そもそも私、この本に出てくるような語り口で、実際に憲法の授業を大学でしてますねん」

なるほど。谷口さんの授業に出ると、もしかしたら、アメちゃんだってもらえるかもしれない。それはともかく、この「大阪おばちゃん語」でしゃべる先生は、どのように、「日本国憲法」を訳したのか。その代表的な部分を少し紹介してみよう。「憲法前文」の真ん中あたり、まず、「本文」の方。

「日本国民は、恒久の平和を念願し、人間相互の関係を支配する崇高な理想を深く自覚するのであつて、平和を愛する諸国民の公正と信義に信頼して、われらの安全と生存を保持しようと決意した。われらは、平和を維持し、専制と隷従、圧迫と偏狭を地上から永遠に除去しようと努めてゐる国際社会において、名誉ある地位を占めたいと思ふ。われらは、全世界の国民が、ひとしく恐怖と欠乏から免かれ、平和のうちに生存する権利を有することを確認する」

たいへん立派なことが書かれていると思う。けれど、ややわかりにくいことも事実であろう。それ故「なんかええこと言ってんのとちゃう？」（あれ、なんだか、わたしも「大阪おばちゃん語」に感化されてきたのかも）ぐらいで、それ以上考えなくなってしまう可能性もなきにしもあらず。では、「翻訳」すると、どうなるのか。イッツ・ショー・タイム！

「私らは、ずっと平和がええなって思ってますねんわ。人間っていうのはお互い信頼しあえるって、理想かもしれんけれどホンマにそない思ってますねん。せやさかい、他の国のお人たちも同じように平和が好きちゃうかって信じてますねん。そう信じることで、世界の中で私らの安全と生存を確保しようと決めましてん。私らな、国際社会が頑張ってることありますやん、ほら、平和を守っていくとか、誰かに支配されたり奴隷みたいなひどい扱いすることやめさせるとか、ひとさまを踏みにじるとかを金輪際やめようっていう活動してるなかで、ええかっこしてみたいし、尊敬されたいねん。せやから私らな、全世界の人たちがみんな、怖いおもいすることとか、飢えたりすることからさいならして、平和に生きていく権利があるって本気で思ってますさかいに、そのことも確認させてな」

どうです。「せやさかい」ですわ。「ありますやん」ですわ。だいたい「私らな」ですさかいに。思うんやけど、「憲法」が「大阪おばちゃん」みたいにしゃべってくれたら、その「憲法」、アメちゃんはくれるけど、戦争しようとか言わへんのとちゃうやろか。ごっつ、ええと思うんやけど……って、「大阪おばちゃん語」、伝染《うつ》ってまうやないか！

さあ、クエスチョン！

もうずいぶん前に終わってしまったが、大橋巨泉さんが司会をしていた「クイズダービー」という番組をご存じだろうか。レギュラー解答者が、竹下景子、マンガ家のはらたいら、フランス文学の篠沢秀夫教授、それにゲスト解答者の5人でクイズに答えるのだが、ただ答えるのではなく、競馬のように、それを見ている視聴者は、誰が解答できるかを考える。なんでも知っているはらたいらさんは、いつもオッズ（賭け率）が低く、どうも答えられそうにないと思える人の場合にはオッズが高い。視聴者も楽しめるクイズ番組だった。その「クイズダービー」は、質問の素晴らしさ、ユニークさでも知られていたが、わたしは、番組の「名質問」を集めた『クイズダービーベスト500』（TBSテレビ編、河出映像センター、品切れ）を持っていて、時々、開く。何度も読んでいるので、答えは知っているのだが、やはり、いい質問だなあ、と思う。その理由は……後で書くとして、みなさんにもちょっと質問に答えていただこう。解答は、この文章の最後に、「逆さ」で印刷してもらっています。では、クエスチョン！

「Q1・喜劇王チャップリンのエピソードです。彼はある大会に『絶対優勝出来る』と自信を持って出場したのですが、なぜか2位に終ってしまい思わず苦笑いをしたそうです。さて、それはどんな大会だったでしょう」

コメディや喜劇のコンテスト？　だったら、クイズにならないんですね。でも、これはけっこう有名なエピソードです。「絶対優勝出来る」と「2位」と「苦笑い」がヒント。っていっても、わからない？

「Q2・先代の金馬師匠が落語をまったく知らないひとの前で演じた時の話です。噺の途中お客の1人が『なんだ○○か』といったのを聞き師匠はショックを受けました。さて、落語を何だと思われてしまったのでしょう」

競馬を知らない子どもを連れて、パパさんが競馬場に行くと、子どもはそこを「動物園」だと思いこむ。それを利用して、奥さんには「じゃあ、動物園に行ってくるよ」と言ってから出かけるパパさん。氷を見たことのない人が、氷に初めて触ると「熱い！」と叫んでしまう。どちらも、「まったく知らない」故の反応です。というわけで、あなたが、落語というものを一度も見たことがないとして、そういう視線で眺めてみましょう。

「Q3・中村メイコ親子のほほえましいエピソードです。ある日8歳の善之介君が、家中の目覚し時計を庭に持ち出した事があるそうです。いかにも子供らしい理由なのですが、さて、彼は庭で何をしようとしたのでしょう」

この問題のポイントは、当然「子供らしい理由」にある。だから、あなたも子どもに戻って考えなくちゃなりません。えっ？　子どもの心はもうない、って？　だったら、子どもだった、うん十年前を思い起こしてください。世界はどんな風に見えていたか。大切なものは何だったか。庭の「何」に興味を持っていたのか。さあ、考えて！

「Q4・アメリカ女子プロゴルフの賞金王ロペスのエピソードです。ある時、彼女がパッティングラインをじっくり読んでいると信じられない事が起きていました。さて、あまりにも時間をかけたためボールにどんな事が起きていたのでしょう」

この問題には、正答者がありませんでした。もちろん、わたしも。ということで、かなり難しい。解答を読んで、わたしはびっくりしましたが、でも、考えてみると、納得。確かに、長い間、放置しておくと、こんな事も起こるかもなあ……。

「Q5・外国の笑い話です。医学部の教授が質問をしました。『母乳が牛乳よりすぐれている点は何かね』するとある学生が真面目な顔で答えました。さて、彼は一体どんな所がすぐれていると答えたのでしょう」

「笑い話」ですからね。解答を聞いて、クスッと笑わなきゃなりません。でも、その通り、と思うわけですが。もちろん、わたしも、この点がすぐれていると思います！　マジで。みなさん、どの程度、わかりましたか？　この「クイズダービー」のクイズのすごさは、「知識」ではなく「常識」や「ユーモア」があれば、解ける（かもしれない）という点にあります。こういう番組、またやってほしいですね。

解答：Q1「チャップリンのそっくり大会」Q2「ひとり言」Q3「冬眠中のカエルを起こそうとした」Q4「蜘蛛の巣がはっていた」Q5「入っている容器」

毎度馬鹿馬鹿しいお笑いを

ええっと、本日はお運びいただきありがとうございます。しかし、「お運び」って、あまりいいませんよね。これ、落語で最初にいうセリフでございます……ってェわけで、本日は、落語について一席。テキストは、名人、五代目古今亭志ん生の名作『びんぼう自慢』（ちくま文庫）でございます。

さて、志ん生といえば、有名なのは、お酒が好きだったこと。なにしろ、あの関東大震災が発生したとき、最初に考えたのが、酒のことだったってんですから。

「いよいよ、いけなくなって、浴衣ァひっかかえて、表ェとび出したとき、どういうわけだか、あたしの頭ン中に、ツツーッとひらめいたのは、まごまごしていると、東京じゅうの酒が、みんな地面に吸い込まれちまんうんじゃァなかろうかという心配です。

『おい、財布かせッ！』

てんで、帯《おび》ィむすぶのももどかしく、かかァの財布ゥひったくって、あたしはかけ出しました。財布の中ァチラッと見ると、二円五十銭ばかり入っている。いきなりとび込んだのが、近所の酒やです。主《あるじ》がウロウロしているから、

『酒ェ、売ってください』

てえと、向こうはもう商《あきない》どころじゃァない。早いとこ逃げ出すことで、精一ぱいのさ中だから、

『この際です。師匠、かまわねえから、もってってってください』」

震災の真っ最中に、酒を買いに行くんですよ。家族はどうすんだ！　とにかく、志ん生さんは、酒屋のいうとおり、棚から一升びんがどんどん落ちてくる中、呑みまくるんでございますねえ。そして、死ぬほど呑んだあと、外へ出てみると。

「外はてえと、逃げる人だの、泣き叫んでいる子供だの、もう大変なさわぎです。あ

たしもかけ出そうと思ったが、ちょうどいい心持ちに、酔いが回って来たから、足もとがうまくねえんですね。グラグラあたりが回っている。地面がゆれてるのか、手前エがゆれてるのかわからない。きっと両方でしょう。すっかりへべのレケです。

『アー、コリャコリャ……』かなんか歌いながら、家まで千鳥足《ちどりあし》でたどりついてみると、かかァひとりでオタオタしてやがる。

『このさわぎに、どこをほっつきあるいてるのさ。わたしの身にもなってごらんなよ』

『オレの身にも、なってみろ』

『なにいってんのさ、わたしは、身重《みおも》なんだよ』」

ってえわけで、大震災のさなかに酒呑みにいって、家に戻ったら、奥さんから妊娠の知らせを聞いたわけです。いや、師匠、もう少しマジメに生きてください……いや、落語家だからマジメじゃダメか。さて、志ん生といえば「貧乏」。なにしろ、本のタイトルになってるぐらいだから。あるとき、食べるものがないので、子供の具合が悪くなっちまう。

で、奥さんに相談する。そしたら、奥さん「心当たりがあるよ……」というわけです。なにかってぇと、「赤蛙《あかがえる》」。

「それから、かかァが、近所の池みてえなところから、赤蛙をつかまえてくる。（略）ついでにタンポポだの、オンバコ（車前草）だの、たべられそうな草ァ一ぱいむしってくる。赤蛙なんぞ、一匹の肉なんてえものは知れてるから、五匹も六匹もつかまえてくるんです。

そうして、塩で味ィつけて、焼いたり煮たりして、『帝国ホテルで厚いトンカツ食うより、よっぽどうめえんだぜ』なんてんで、威勢のいいことをいって、子供にもたべさせるんです」

貧乏はつらい。誰だってそう思います。でも、それじゃあ、実際に貧乏になったとき、つらいだけだ。そういうときにも、笑って耐える。それが人の生きる道。そういうことを志ん生師匠は教えてくれるわけです。では、最後にとっときの一節を。

戦争中、中国へ渡った師匠は、戦後何年かたって、やっと日本の家へ戻ってまいります。師匠の家も落ちぶれて、酒すらほとんどない。やっと芋焼酎をビール瓶に半分ほど奥さんにみつけてもらったんです。

「そいつゥ呑みながら、あたしはかかァの、すっかりシワのふえた顔ォ見ながら、『あァあ、また、昔の貧乏に、逆もどりしたなァ……』っていうと、かかァは、下ァ向いて、だまって、コックリとうなずいて、涙ァふいていましたよ。

もっとも、こんどの貧乏てえのは、あたしんちだけの貧乏じゃァない。日本じゅうが、とびっきりの貧乏で、みんな揃って貧乏人になっちまったんですから、なにもかもふり出しです」

さすが。貧乏に「落ち」がついてる。

まど・みちおさんから　おてがみ　ついた

まど・みちおさんが二〇一四年の二月に亡くなった。百四歳だった。まどさんは、たくさんの詩を書いた。そして、たくさんの人がまどさんの詩を読んだ。この時代に、まどさんぐらい、たくさん読まれた詩人は、谷川俊太郎さんぐらいだろう。

まどさんの詩は、わかりやすかった。一方の谷川さんも、わかりやすい詩、子ども向けの詩も書いたけれど、難しい詩も書いた。まどさんは、というと、最初から最後まで、子どもにもわかる詩だけを書いた。誰でも理解できる詩だった。でも、実は、その詩はわかりやすいだけではなく、とてもとても深い詩でもあった。

誰でも知っている、まどさんの詩はというと、「やぎさんゆうびん」や「ぞうさん」だろう。

「しろやぎさんから おてがみ ついた
くろやぎさんたら よまずに たべた
しかたがないので おてがみ かいた
さっきの てがみの
ごようじ なあに」
「ぞうさん／ぞうさん／おはなが ながいのね
そうよ／かあさんもながいのよ」

どちらも、曲がつけられ、みんなが覚えた。簡単に曲がつけられるほど、音楽的なことばだったということもできるだろう。では、どうして、まどさんの詩は、それほどまでに読まれ続けたのだろう。

まどさんの詩集を編纂したこともある詩人の井坂洋子さんは、「コオロギ」という詩を引用して、こんなことを書いている。

「くさの 中で／コオロギが ないている／
こんこんと わきつづける／いずみのように
ああ／手に すくいたい

コオロギの精妙な鳴き声。それをどんなふうにことばにするか、魅了された詩人は、ふしぎな表現を思いつく。その鳴き声を、手にすくいたい、というのである。コオロギなら可能だけれど、声を手にすくうことは無理だ」

（井坂洋子『詩の目 詩の耳』五柳叢書より）

コオロギが鳴いている。おとなならどうする。「ああ、鳴いているなあ」と思う。それだけでもましな方だ。もしかしたら、コオロギの声を耳にしても、それとは気づかないかもしれない。子どもは違った。子どもは背が小さく、ずっと地面に近くて、それから、おとなよりずっと好奇心がある。だから、コオロギの声に耳を澄ます。ずっと真剣に。すると、その声を欲しくて欲しくてたまらなくなる。もちろん、いちばんの近道は、そのコオロギを捕まえることだけれど、それでは、美しい声が聴こえなくなる。だから、「ああ

手に　すくいたい」と思う。それが子どもだ。それが、まどさんの詩の作り方だ。

「やぎさん　ゆうびん」も「ぞうさん」もそうだ。やぎが紙をむしゃむしゃ食べているところを飽きずに何時間も見ていると、あの紙はなんだろう、と考える。どうして、あんなに熱心に食べるんだろう、紙なんかを。もしかしたら、あれは「おてがみ」で、せっかくもらったのに、どうしても食べたくなって食べちゃうので、一から出し直さなきゃならないんじゃないだろうか。そう考えるから、あの詩ができる。ぞうさんの鼻は長い。そして、子どもだけが、その長い鼻をじっと一日中でも見つめていることができる。一日中でも見つめていることができるのは、そこにある生命が愛おしいものだからだ。生きものたちは、どれもみんな違っていて、それが素晴らしい。そんな風に思えるからだ。

だから、まどさんの詩は、「子どものための詩」であるというより、「子どもの視点に立った詩」であるといった方がいいかもしれない。わたしたちみんなが、おとなになると失ってしまう、純粋な好奇心を、まどさんは最後まで失わなかったのだ。

「ポケットのなかには／ビスケットが ひとつ

ポケットを たたくと／ビスケットは ふたつ
もひとつ たたくと／ビスケットは みっつ
たたいて みるたび／ビスケットは ふえる
そんな ふしぎな／ポケットが ほしい
そんな ふしぎな／ポケットが ほしい」
（「ふしぎなポケット」）

ポケットの中にビスケットを入れるのは子どもだ。入れて忘れてしまうのも子どもだ。それがいつの間にか割れていて、数が増えていることに、びっくりするのも子どもだ。それは不思議でもなんでもないのに、子どもにとっては不思議だ。きっと、イエス・キリストが、食べ物を増やした奇跡もこんなのだったのだろう。そんなこと、子どもたちは知らないけれど。おとなにとっては、なにもかもが当たり前の光景も、子どもにとっては光り輝き、心をワクワクさせてくれる。そんな詩を、まどさんはたくさん書いた。百四歳になるまで書き続け、そして静かに死んだのだ。

なんてったってアイドル……アイドル？

アイドル戦国時代といわれている。ご存じＡＫＢグループにハロプログループ、ももクロにでんぱ組.incにさくら学院にE-girls……いま我が国は、空前絶後のアイドルブームなのだ。その中で、ほんとうにアイドルなの？　と人びとを悩ませるアイドルがいる。それが「ゾンビアイドル」小明《あかり》さんだ。

小明さんは一九八五年一月生まれ。だから、アラサー……三十路超えのアイドルだ。とにかく、若いとはいえない。しかも、売れていない。そして地味。仕方ないから、最近では、ゾンビの格好をして（少しだけ）テレビに出たりしている。あとなんだっけ……そう、もしアイドルのヒエラルキー（階級）を図に示すと、おそらく、そのピラミッドの最底辺に属しているにちがいない。いま話題の人間ピラミッドでは一番下でみんなを支え、なにかの間違いでそれが崩壊したら、きっと大怪我……そんなアイドルが小明さんなのだ。でも小明さんには特技があった。文章を書くことである。

「最近、『某漫画の実写化作品に出演しないか?』ってオファーがきたんですよ。ああ、漫画実写作品のオファーがくるなんて私も売れたな～なんて思いながら話を聞いてみたんですけど、役柄を知って驚きですよ。

15歳、高校一年生の女の子。ちなみに私はいま29歳、ほぼ無職の一人っこ(独身という意味で)。…中略…。

久方ぶりに袖《そで》を通した学生服は年を取った本体と反比例するように輝いており、私は制服のまぶしさに目を開けていられず、スタッフにメガネをかけることを要請されました。恐らくメガネというインパクトを与えることで加齢感を誤魔化したのだと思いますが、むしろ逆効果で、その姿は完全にお局系の事務員に……腕カバー……腕カバーはどこ……?

撮影場所が学校なので、自然と楽屋も教室になるんですが、もう楽屋の様子とか凄かったよね。キラキラ輝く少年少女たちの中で、私のいる一角だけがくすんでいる。

昼間でも霊がいる場所ってこんな感じだったなってくらいに私の周りだけ薄暗いの」

（『アイドル脱落日記　ウエディング オブ ザ デッド』講談社）

アイドルが書いた文章とは到底思えない。どちらかというと、イジメに悩んでいる高校生の手記みたいだ。でも、苦しんでいる人たちの気持ちがわかるアイドル――なんか、良くないですか？　さらに、小明さんは、次のような文章も書くのである。ちなみに、どういう状況だったかというと、小学生の頃、地味なアニメオタク少女だった小明さんは、キャラを変え「中学デビュー」しようとしていた。しかし難問があった。その中学には、2つ年上の姉さんが先に進学していたのである。

「姉は当時流行のギャルとヤンキーの融合型のような生命体で、地元では名の知れた存在であり、そのせいで私はずっと肩身の狭い思いをしてきました。ガングロが流行った時代なので、私のあだ名は姉がつけた『ガンハクトン（顔面が白い豚という姉の造語）』で、家庭内での役割は主に姉の召し使いという屈辱の日々」

中学では姉と関わりを持たず平和な学園生活を送りたいと小明さんは願う。そして、目をきらきら輝かせてこう思うのだ。

「どうせヤンキーしかいない底辺校だし、色白清楚系ロングヘアー美少女の私が急に現れたら、3日でファンクラブとかできちゃうんじゃないの？　ラブレターは靴箱に入りきるかなぁ？　モテすぎて女子にいじめられても生徒会長が守ってくれるだろうな……」

そんな夢を一杯もって入学式に向かった小明さんの前に突然姉さんが出現したのだ。

「『チンゲ!!』」
という淫語《いんご》が響いてきました。驚きとともに、すぐにその声が姉のものとわかりました。おそるおそる目をやると、姉が仲間のヤンキーたちとともに私の方を見て、

（略）

『オイ!? 返事しろよ、チンゲェ!? っていうか学校で私に話しかけんなよ!? オタクでダサい妹とか恥ずかしいから!!」

と理不尽なことを言い捨ててその場を去りました。（略）もう何か言い返す気力もなく、虚無僧《こむそう》のように立ち尽くし、周りからイケてる人たちがサーッといなくなるのを感じていました。その延長で1年間は植物のように過ごし、翌年、無事ひきこもりとなりました」

なんて不憫《ふびん》なんだ……小明さん……虚無僧のように立ち尽くす中学一年の女子……なかなかいないぞ。そして、一念発起してアイドルになっても売れず……ゾンビ……。ほら、小明さんの文章を読むと、誰だって、小明さんよりはマシだと思えて生きる喜びが湧いてくる。力を与えてくれる。小明さんこそ最高のアイドルなんだ……。

「ジャギュア」の衝撃

とりあえず、この文章を読んでいただきたい。説明は、その後である。

「象牙《ぞうげ》色のジャギュア――これは是非ともジャギュアと発音してもらいたいのだが――が届いているからと取りにこい、というので、わたくしは勇んで家を出かけました。注文してから約三カ月ぶりです。というのは、初めにこちらの注文どおりの車がなかったので、新しく出来る車をこちらの注文どおりにする他なく、従って時間もかかったと、こういうわけなのでした」

「ジャギュア」というのは、要するに英国製のスポーツカー「ジャガー」のことである。

けれど、この文章の作者は「ジャガー」ではなく「ジャギュア」と発音すべき、と書いたのだ。この文章の初出は一九六二年、『ヨーロッパ退屈日記』というタイトルで出版され、大きな話題となったのは一九六五年。著者は、後に映画監督として一世を風靡する伊丹十三。彼は、まだ三十そこそこの頃であった。

文庫の解説を書いている関川夏央さんは、こう述懐している。

「『ヨーロッパ退屈日記』は、一九六五年の高校生にとって一大衝撃だった。ジャギュア（ジャガー）という呼び方、アーティショー（アーティチョーク）という不思議な野菜、マルティニ（マティーニ）という夏のかおりのするカクテル。…（中略）…。

キザだな、とは思ったが、イヤ味は感じなかった。キザもキザ、大キザの高い綱渡りをして、揺れながらも落下しない。これは芸だ、と感じ入った。さらに、全編にたたえられた、いわば切ない明るさの印象が、田舎の高校生の反感をみごとにおさえこんだのでもあった」（新潮文庫）

一九六一年、二十八歳で俳優としてヨーロッパに渡り長期滞在した（『北京の55日』や『ロード・ジム』といったハリウッド大作に出演した。最初の国際俳優でもあるのだ）伊丹十三は、そこでの見聞をもとにこれらの文章を書いた。そして、戦後初めて日本に登場した本格的な「エッセイ」といわれた。それまで、日本には「随筆」しかなかった。ヨーロッパ的な意味でのエッセイはここから始まったのである。

以下もまた、当時、衝撃を与えた一文である。タイトルは「スパゲッティの正しい食べ方」。ここで伊丹は、最初に「日本では、麺類は、つるつると音を立てて吸い込むのが当然とされているが、外国ではこれが、非常な無作法、度外れた育ちの悪さ、ということになる」と書いた上で、こう続ける。

「まず、イタリーふうに調理したスパゲッティの前にきちんと坐る。
スパゲッティとソースを混ぜあわせたらフォークでスパゲッティの一部分を押しのけて、皿の一隅に、タバコの箱くらいの小さなスペースを作り、これをスパゲッティを巻く専用の場所に指定する。これが第一のコツである。

スパゲッティの一本一本が、五十センチもある場合は、本当に二、三本くらいだけフォークに引っかける。日本式のコマ切れスタイルなら七、八本は大丈夫だろう。

さて、ここが大事なところよ、次に、フォークの先を軽く皿に押しつけて、そのまま時計廻りの方へ静かに巻いてゆく、のです。

そして、フォークの四本の先は、スパゲッティを巻き取るあいだじゅう、決して皿から離してはいけない。これが、第二のコツである」


その頃、外国は、まだ遠かった。一ドル＝三六〇円の固定相場で、外国に行くことができるのは、一部の金持ちだけだった。外国のものならなんでも「いいもの」だと思いこんでいた。だが、外国文化を骨の髄まで味わった伊丹十三は、ほんとうに学ぶべきなのは、「もの」ではなく「文化」そのものだ、と教えてくれた。それには、まず、彼らの「作法」を知らねばならなかったのである（もちろん、発音もね）。

伊丹は、当時、誰も知らなかった「ミシュラン」のガイドについても書いている。「ミケリン」などという発音の間違いを指摘した上で、「三ツ星」レストランの一つで、日本人が飲み残した「葡萄酒」を持って帰ったというエピソードを紹介した上で、そもそも、高級レストランでは、いい「葡萄酒」を飲んだ場合、少し残さなければならないのだ、と書いている。

「レストランには酒番というのがおりますね。たいがいは鼻の真赤な老人です」

この酒番の見習いの少年の訓練のために、葡萄酒を飲み残す必要がある、と伊丹は書いた。もちろん、「酒番」とは「ソムリエ」のことだ。「ソムリエ」を日本語に翻訳する必要があった時代の話である。

第二章　太《ふと》腿《もも》といふ指定席

オジーに訊け！……いや、訊かない方がいいかも

オジー・オズボーン（1948年生まれ）はたいへん有名なロックグループ「ブラック・サバス」のフロントマンであった。ロックファンにとって「神様」のような人なのである。それだけではない。自伝『アイ・アム・オジー』を書いてたいへんなベストセラーにもなった。なんででしょう。それは、オジーがすごく変だからです！

だいたい、昔のロックミュージシャンは酒は呑む変なクスリはやる女遊びはする、というのが定説であった。そして早死にしてゆく。ジャニス・ジョプリン、ジム・モリソン、ジミ・ヘンドリックス、尾崎豊……。実は、オジーは、素行の悪さだけなら、ロックミュージシャンの中でも王様級だった。なんと、現代科学で存在を知られている麻薬をすべて試したことがある（！）のだ。そんなオジーに、あろうことか、ある新聞が「健康相談」の連載を依頼したのである。そして、始まった「健康相談」は、空前のヒットとなった。

その理由は、これから引用するQ&Aを読めば、みなさんもおわかりになるだろう。

「親愛なるドクター・オジー

どうやら腕を骨折したようです。でも、私は健康保険に入っていませんし、病院の救急外来から何千ドルという請求書が送られてくるのも嫌です。自分自身でギプスをはめる絶対に失敗しない（しかも痛くない）方法はありますか？

フロリダ在住　スティーヴン」

「それではスティーヴン、君のやるべきことはこうだ。地元のスーパーのウォールマートに行って紙コップを三つと、裏面に接着剤のついたプラスチック、それにペンが1本に編み棒が4本、さらに紐を一玉買ってくる。レモンと氷と歯磨き粉もいるな。それから、セメント・ミックスも一袋ね。買ってきたものを全部キッチンのテーブルに並べ、深呼吸をしたら……医者へ行け！　全く、君はどうかしてるんじゃないか？金が全然なくても救急外来はちゃんと治療をしてくれるし、借金の取り立ての相手は後ですればいいことだ。私を信頼しなさい。君の腕は、君が無駄遣いする金よりもずっと使い道があるはずだよ」
(『ドクター・オジーに訊け!』シンコーミュージック・エンタテイメント)

オジーの回答は「健康相談」を超えている。というか、「相談」の「回答」を超えている。さすがに、死線を何度も越えてきた猛者だ(死亡宣告を受けたこと二度、バイクの事故で首の骨を折ったこと一度、あと、飛行機にぶつかって死にそうになったこと一度……って、なにそれ……)。人生で苦労したことのない人より、何度も離婚を繰り返すような人こそ「人生相談」に向いているように(わたしのことではありません)、健康になんの問題がない人より、人生の大半を健康に問題を抱えている人の方が「健康相談」に向いているだろう。なにより、その問題についての専門家なのだから。

「親愛なるドクター・オジー
胸焼けや胃酸過多からくる消化不良に悩まされたことはありますか? もし悩まされたことがあるなら、どのように対処していますか?

シュロップシャー在住　ジョアン」

「あー、以前はしょっちゅう悩まされていたよ。午前3時に胸がまるで焼け付くように感じて目を覚ましていたんだ。でもある夜、ベッドそのものが燃え上がってね。そこで私は毎晩、自分が火のついたタバコを手にしたまま眠りに落ちていたことに気がついた。その習慣を止めるようにしたら、問題はなくなったよ」

いや、なんか違うだろ、オジー……。でも、こう答えてもらったら、「寝る前に食べないで」とか「『センロック』を飲んで」という回答をもらうより、なんだか納得できるのはなぜなんだろう。

「親愛なるドクター・オジー
あなたの（少なからぬ）経験から言って、二日酔いに最も効く治療法は何ですか？
ロンドン在住　ジャスティン」

「これは簡単だ。（ビールを）1パイント飲むこと。あっという間に気分がよくなるよ。私は40年かけて、ありとあらゆる二日酔いの治し方を試してきた。酒を止めること以外ね。で、最終的にわかったのは、もう一度酔っ払う以外に効果的な方法はない、それだけ。他の様々な出来事同様、明らかに単なる後知恵だけどね」

オジーに、実験用ラット並みに麻薬を服用してきたのに、生き延びた。その理由を探るため、大学の研究室から、彼のＤＮＡを採取して研究したいと申し出があったそうだ。ちなみに、その結果は、「遺伝子異常」だったそうだ。さすが……。

地名（のキラキラ化）に関する考察

以前「キラキラネーム（もしくはＤＱＮネーム）についての考察」というタイトルで書かせていただいた。子どもたちの名前をどう読んでいいのか、その漢字を見てもさっぱりわからない、というか「キラキラしすぎて、まぶしい！」という現状についての報告だった。今回は、その「キラキラ化」が、地名にまで及びつつあるのではないか、ということについて考えてみたい。

ところで。地名といっても数限りない。わたしは、現在、鎌倉に住んでいる。鎌倉には極楽寺という地名があって、当然の如く、「極楽寺」という駅（江ノ電）もある。あと、バス停も。「寺」がなければ「極楽」だ。バス停で待っていて、来たバスに乗ろうと思い、ふと行先を見たら「極楽行き」……一瞬、ためらうのではないかと思う。ところが、日本は広い。ちゃんと、「極楽」という地名がある、と『この地名がすごい』（今尾恵介著、光文社知恵の森文庫）には書いてある。そればかりか、ちゃんと番地が表示された電柱の写真まで載っている。「ここは　極楽4丁目」。なんか、いいな。

というわけで、この地名に関する本を読みながら、いろいろと考えてみたい。

実は、わたしの子どもたちは、山梨県にある小学校に通っている。その学校は「南アルプス市」にある。いま思えば、そうとう画期的な地名だったと思う。なにしろ、市の名前がカタカナだから洒落《しゃれ》ている。どうも、最近、こういったカタカナ名、もしくは横文字名の地名が増えているようだ。さいたま市にある「プラザ」、千葉県佐倉市の「ユーカリが丘《おか》」、静岡県三島市の「富士ビレッジ」、山梨県上野原市の「コモアしおつ」。みんな、正式な町名だ。「コモアしおつ」……カタカナ＋ひらがな、ですよ。なんて、斬新な地名なんだろう。どれも、不動産会社の分譲地名がそのまま町名になったようだ。ちなみに、日本中で「グリーンハイツ」という地名は3カ所もあるらしいが、どう考えても、マンション名だ。

長崎市には「エミネント葉山町《はやまちょう》」、佐賀県多久市には「北多久町メイプルタウン」という地名があるのだが、「エミネント葉山町」には「エミネント葉山」というマンションがあるのだろうか。あったら、ややこしすぎる。

北海道石狩郡当別町には「スウェーデンヒルズ」という町名があるらしいのだが、日本なのに、スウェーデンの丘、ってなぜ？　それはスウェーデン直輸入の家が立ち並んでいるからなのだが、だったら、スウェーデン語にすればいいのではないか、と今尾さんも書いている。そりゃそうだ。

滋賀県の湖南市には「サイドタウン」という地名があるのだが、その前は「菩提寺《ぼだいじ》」という地名だったらしい。そっちの方が絶対いいのに！　それにしても「菩提寺」から「サイドタウン」へ変更とは、住民のみなさんはびっくりされただろう。ちなみに、何のサイドなのかというと、名神高速道路のサイドにあるから「サイドタウン」なのだそうだ。そのままじゃん！

最近流行りのカタカナ地名は「流通《りゅうつう》センター」らしい。全国各地に出現している。

「どこで生まれたの？」

「岩手県盛岡市流通センター」

なんか、商業施設に捨てられていたみたいで、ちょっと……。

それから、「ハイテク関連」の地名も激増中だ。富山県小矢部《おやべ》市「フロンティアパーク」、大阪府和泉《いずみ》市「テクノステージ」、岐阜県各務原《かかみがはら》市「テクノプラザ」……繰り返すようだが、これ、全部地名なのである。自分の本籍に「テクノプラザ」と書いてあるとしたら、一瞬、「あれ、おれってロボット?」と思ったりしないだろうか。

ちなみに、鹿児島県霧島市に「国分上野原《こくぶうえのはら》テクノパーク」という町があるのだが、その隣の町の名前は「国分上野原縄文の森」なのだそうだ。落差ありすぎ、である。

そして、最近、カタカナ系地名で増えているのが、「ショッピングセンター系」だ。埼玉県三郷《みさと》市にある「ららぽーと」にあやかり、二〇〇八年に「新三郷ららシティ」という町名が誕生した。漢字+ひらがな+カタカナ、最強の組み合わせだ。後は、アルファベットや数字や記号交じりの町名の誕生を待つばかりである。

「次の人、自己紹介してください」

「名前は、高橋今鹿、タカハシナウシカ、です」

「どこから来たの?」

「えっと、神奈川県鎌倉市UTOPIA・♡マックス町、から来ました」

うーん、これがもはや冗談ではすまないような気がするところが、ちょっと怖いです。

たかが比喩、されど比喩

今回は「比喩」について書いてみたい。辞書をひくと、「比喩」といってもいろいろあることがわかる。直喩と隠喩がおおまかな区別で、その他に換喩とか提喩とかもあるようである。でも、みなさんは、そんな細かいことは気にする必要はありません。わたしが、これからみなさんにお伝えしたいのは、「〜のような」という、もっともシンプルな比喩、直喩のことだからである。

さて、直喩って、どんなものがあるでしょう。

「滝のように汗をかく」。あるある。「あの人の肌は赤ん坊みたいにすべすべしている」。よくいうかも。「いいおとなが子どもみたいに泣きじゃくってる」。ありそう。「ああ、鳥のように自由に空を飛べたら」。うん、無理だと思うけど……まあ、こういう具合に、いわゆる「比喩」が、日常的に使われていることはご存じの通りである。わたしも使う。みなさんもお使いになるだろう。では、現代の小説の世界では、どうだろう。実は、ほとんど使われていないのである。

昔は、そうでもなかった。たとえば、明治文学の大傑作の一つに「野菊の墓」という恋愛小説がある。その昔、松田聖子さんの主演で映画化されたこともある。その小説のクライマックスシーンで、十五歳の政夫は、十七歳の民子に「民さんは野菊のような人だ」というのである。ちなみに、その後、民（子）さんは、政夫に「政夫さんはりんどうの様な人だ」と返す。可愛いなあ、ふたりとも……。これぞ、比喩の王道だ。でも、それは明治の小説だったからで、いまどき、こんなことを書いたら「バッカじゃないの！」といわれるに決まっている。残念ながら、こういう「比喩」は「古い」ということになったのだ。

ファッションの世界では、よくあることだが、流行というものは移り変わる。昔、「古い！」といわれて、蔑まされたものが、さらに時が経ち、その「古い！」という記憶がなくなった頃には、新鮮に見えて、気がつけば最新流行になったりする。ほんとうに油断がならない。そして、それが小説の世界においても起こったのである。

小説の表現として「ダサい」といわれてきた「比喩」の、「中興の祖」ともいうべき存在になったのが、誰あろう、村上春樹さんだ。彼は、「古い」といわれてきた「比喩」に再び生命を与えたのである。

たとえば、あなたが、なにか青い服を着ているとして、どんな具合に表現しますか？

「海のように青い服」では物足りない。もうちょっと、なにかスパイスが欲しい。じゃあ、「夏が終わり、秋が始まる頃の、澄んだ空のように青い」とか。

でも、村上さんは、ちょっと違うのである。

「彼女はストーヴのふたを閉め、琺瑯《ほうろう》のポットとカップを奥に運んで洗い、洗い終ると粗い布地の青いコートに身をつつんだ。ひきちぎられた空の切れはしが長い時間をかけてその本来の記憶を失《な》くしてしまったようなくすんだ青だ」

（『世界の終りとハードボイルド・ワンダーランド』新潮文庫）

ものすごく長い。「ような」の前に、三十八文字もある！

「空の切れはし」が「記憶を失くする」とは、どういうことなのか。そんなことを考えていては、この「比喩」を味わうことはできない。とにかく、もともとはすごく青かったのに、いまは残念なことにくすんでしまった、ということを村上さんは表現したかったのではないかと思う。わたしも小説家の端くれなので、こういう「比喩」を、一回でも読んでしまうと、「のような青」だけは、もう書けない。手間も暇もかかった表現というしかないのである。

次は恋に落ちた時の表現、というか「比喩」である。これを読んだ時には、「やられた！」と思いましたね。

「ミュウに髪を触られた瞬間、ほとんど反射的と言ってもいいくらい素速く、すみれは恋に落ちた。広い野原を横切っているときに突然、中くらいの稲妻に打たれたみたいに」

（『スプートニクの恋人』講談社）

ショックを受けた時、「稲妻のように」と表現することはふつうだ。というか、誰だって考える。マンガを見たって、可愛い女の子を見た男の子は（その反対に、魅力的な男の子を見た時の女の子も）、その感動を示すために、頭や顔の周辺に「稲妻」の模様を走らせたり、「ガーン！」という文字を表示して落雷にも似たショックを受けたことをわかりやすく説明している。村上さんは、そもそも、陳腐と思われていた「比喩」の中でも、わかりやすい代表の一つである「稲妻」を取り出し、それに「中くらい」とつけるだけで、まったく意味を変えてしまったのだ。「稲妻」に大きいやつ、中くらいのやつ、小さいやつの区別があることを、歴史上初めて知らしめた「比喩」、というか「文章」なのである。ほんとにすごい人だ。では、最後にプレゼントとして、女の子に「すごく可愛い」といった男の子が、「どれくらい？」と訊かれて答えた「比喩」を紹介して終わりにしよう。この「比喩」を実際に使ってみたとき、どんな反応が返ってくるか、教えてください。

「山が崩れて海が干上がるくらい可愛い」

（『ノルウェイの森 下』講談社）

実篤さん、みつをさん、そして、いまは、修造さん！

かつて、武者小路実篤という人がいた。この人は「友情」とか「真理先生」（なかなかすごいタイトルだ）という小説を書いて有名だったけれど、彼をもっと有名にしたのは、名言だった。実篤さんは「君は君　我は我也　されど仲よき」というようなことばを書き、それからその横に、野菜たちが並んでいるような絵を描いて、大々的に売り出した。実篤さんの絵＆ことばは、日本中の家にあふれた（特に、トイレとか）。

実篤が死んでから、そのあとを継いだのは、相田みつをさんだった。みつをさんの場合は、絵ではなく、墨で黒々とした、独特の字を書いた。そして、みつをさんが書いたのも名言だった。

「七転八倒　つまづいたり　ころんだりするほうが　自然なんだな　人間だもの」

「負ける人のおかげで　勝てるんだよな」

こんなことばをみつをさんはたくさん書いた。そして、みつをさんのことばも大人気になった。やっぱり、みつをさんのことばも、トイレに貼られるようになった。

実篤さんやみつをさんが人気になったのは、威張らず、そして、元気になるようなことばを教えてくれたからだった。とにかく、間違いなく、実篤さんやみつをさんは、いい人だった。いい人のいいことば、そういうものは、いつも人気になるのだ。

でも、しばらく、この「いい人のいいことば」枠に新しい人が現れなかった。もしかしたら、「いい人」が減っちゃったのかもしれない。もしかしたら、もう「いいことば」なんか現れないかもしれない。そんな風に思ったとき、「奇跡」が起こった。松岡修造が現れたのである。

わたしは、修造さんのことばを探求するべく、その代表作である『松岡修造の人生を強く生きる83の言葉』（アスコム）を読んでみた。そして、衝撃を受けた。なんて、なんて……いい人なんだ。

「崖っぷち
ありがとう!
最高だ!」

……修造さんは、こう書いている。「崖っぷちは、本気になるチャンスです。追いつめられているわけですから、これほど無我の境地で最高のものを出せるときはないでしょう。崖っぷちには感謝すべきです。諦めたり、もう嫌だと思わずに、『崖っぷちありがとう!』と思うほど前向きな気持ちになりましょう」。これなのだ。この気持ちこそが、修造さんを、第二(第三?)の実篤さんやみつをさんにしたのである。わたしも、締め切りが重なって、どうしようもなくなったときには、このことばを思い浮かべたい。

「大丈夫。
大丈夫って文字には、

全部に入って文字が
入っているんだよ」

……修造さんは、ただ闇雲に元気づけることばを放っているのではない。実は、深く考えてことばを発しているのだ。ただ「大丈夫」といっても、いわれた方は疑いたくなる。そういうとき、修造さんは、「大丈夫」を構成する「大」にも「丈」にも「夫」にも「人」が入っていると教えてくれる。「ひとりじゃないんだよ」と「たくさんの人に支えられて生きているんだよ」と教えてくれるのだ。すごいね、修造さん。

「夢をつかみたいなら、
今日から
君はタートルだ！」

……えっ？　ちょっと、びっくりしましたか。正直、わたしはびっくりした。タートル……カ、カメ？　いったい、なぜ、カメなのか。修造さんによれば、あの「ウサギとカメ」のエピソードで、「ウサギはカメは遅いと勝手に決めつけてゴールの手前で昼寝を」する。一方、カメは「ゴールだけを見て」「一所懸命にゴールだけを目指し」た。「ウサギはゴールではなく、カメのことを考えてしまった」のが敗因なのだ。ベストを尽くすことがすべてで、他のことを考えてはいけないのだ。だから、修造さんは、もしカメが負けていても「カメ、ナイストライ！」といってあげたいのだそうです。優しい……。

「温泉はなあ、
人のことは癒しても、
温泉自身を
癒したことはないぞ」

……温泉は「見返りを求めない無償の愛」の象徴なんだそうです。泣ける……ただ、泣ける。素晴らしすぎるぞ、修造さん。

ちょっと、色の話ですが

面白い本を読んだ。野村順一さんの『私の好きな色500』（文春文庫プラス）という本だ。タイトルからして、ちょっと怪しい。そもそも、色に500種類もあるのだろうか。確かに、三原色や虹の七色だけではなく、この国には「古代紫」とか、そんな優雅な名前の色があることも、あるいは、ふだんから、「レモンイエロー」だの「ウルトラヴァイオレット」だの、色には文字通りいろんな名称があることは知っている……つもりだったが、この本を読んで驚愕《きょうがく》！　色とは……というか、色の名前とは、こんなに不思議なものだったのか、とめまいがするような思いに襲われたのである。

もともとは、ある会社が開発した「500色の色鉛筆」がスタートだった。その、500種類の色鉛筆には、一つ一つ名前がついていた。それがまあ、なんというか、その名前を読んだだけでは、どんな色なのか想像できないようなものばかりだったのである。

たとえば、「八百屋さんの完熟トマト」。これなら、わかる。かなり濃厚な赤である。とはいっても、どうして「八百屋さん」で「完熟」なのか。「ハウス栽培のふつうのトマト」ではダメなのか。うーん、なんか、赤が薄っぽいですね、これでは。

「子供の頃の茜雲《あかねぐも》」。これもまあわかりやすい。「茜雲」だから、やや茶色っぽい、夕方の陽に照らされたオレンジ系の色なのだろう。じゃあ、いいますが、どうして「子供の頃」と付けなければならないのか。「茜雲」は、子供の頃でも、おとなになっても、同じ色でしょ！　そう突っ込んではいけないのである（たぶん）。おとなは「茜雲」を見ても、「ふーん、明日は天気かな」で終わってしまう。けれど、子供は、「茜雲」を無心に魅入る。ただもう、きれいだなあ、と思いながら。それが「子供の頃の茜雲」ではないだろうか。残念ながら、現在の子供たちは、「茜雲」を見ても、「あっ、夕方だ。家に帰ってゲームしよ！」としか思わないかもしれないけれど。

「クラリネットの音色」……さあ、想像してください。難しいです。でも、これにはやられた。「音色」というぐらいだから、音には色がついているのだ。みなさんも、「音色」ということばを使うでしょ？　クラリネットの音……クラリネットの音……楽器の色はなんとなく浮かんでくるんだけど。とりあえず、原色系ではない。なんか渋い感じの色？　はい、本を見てみると、チョコレート色っぽいです。でも、そのすぐ下に、同じような色で「ブルージュのチョコレート」という色がある。クラリネットの音はチョコレートの色に似ているのか……わからない。

「ナイチンゲールの歌声」。いや、わたしも頑張って考えてみた。「音色」があったように、「声色」ということばもある。現代人の我々は、音や声を聞いても「色」を感じられないが、昔の人は、そこから色を感じることができたのではないのだろうか。ナイチンゲールというと、別名、「小夜啼鳥《さよなきどり》」あるいは「夜鳴鶯《よなきうぐいす》」。だから、この鳥は夜鳴く（啼く）のである。ということは、夜、どこからともなく、美しい鳥の声が響いてくるわけで……この色は、ほぼ黒、ではないか。さあ、回答を見てみよう。ほら、やっぱり、青紫っぽい色のようである。ふう、なんとか解決できて嬉しい。

「ジェラシー」……えっ？　ジェ……ジェラシー……嫉妬、である。嫉妬の色……。なにかヒントになるものはないのだろうか。嫉妬に焼かれる、というから、これは「炎」系の色なんじゃないだろうか。それとも、表に出せない、ほの暗い感情だから、ダーク系統の色なんだろうか。本を見てみると……紫っぽい色だ。なんで？　「炎」と「暗さ」を合成した色だから？　ふーん。

「やまびこ」。やまびこ……。やまびこって色があるの？　いや、そういう問題ではないことは重々承知している。こんな色のイメージだ、ということなのだろう。しかし、やまびこって、色ないよね、ふつう。まあ、ジェラシーだって、色なんかないわけだし、これをいうと、ここまであげてきた例の多くは、色などないものばかりである。気を取り直して考えてみよう。やまびこは、高い山に登って、向こうの山に「ヤッホー！」とか叫ぶと、しばらくして、向こうからも「ヤッホー！」と戻ってくる現象だ。ということは、「声色」の一種なのかも……って、それじゃあ、なんのヒントにもなっていない。とにかく、高山と高山の間で発生する現象であることは間違いないので、「澄んだ空気」と関係あるんじゃないでしょうか。なんとなく。透明な色……はないので、なんか白っぽい色かも。回答を見ると、おお、薄いグレーじゃない。はぁ、なんか、疲れる。

「鹿鳴館《ろくめいかん》の舞踏会」。鹿鳴館？　えっ、舞踏会？　いや、それって、単色じゃないでしょ。たぶん。

「たぬきの鼓笛隊」……なに、それ?
「ためらい」……ぜんぜんわからない。
「神話の中の悲哀」……想像……できませんが。ほんとに色なんですか……?
「山東省の田舎道」……って、行ったことないし、見たこともないし……。

不採用！

今回は、わたしの愛読書を紹介しよう。本のタイトルは『まことに残念ですが…』（アンドレ・バーナード編著、中原裕子訳、徳間書店、品切れ）。これはすごい。なにしろ、タイトルが途中で切れているから、ほんとうの意味はわからない。なので、みなさんに、この「…」で隠された部分をお教えしよう。「不採用！」である。ガーン……。誰だって、そんなものは受けとりたくないだろう。これは、「不採用通知」ばかりを集めた本なのだが、ただの「不採用通知」ではない。なんと、後に「不朽の名作」といわれることになった作品を読んで、「つまらん！」と判断した編集者たちが書き送った不採用通知なのだ。

まず、有名どころから見てみたい。

「……たいして将来性のない、マイナーな作家だ。

この作品は、一般読者にはおもしろくなく、科学的知識のある者にはもの足りない」

こう書かれた作品はというと、現代ではSF小説の元祖といわれている、H・G・ウェルズの『タイム・マシン』だ。「新しい」作品は、いつもこんな風に、排除される可能性があることを忘れてはならない。

もう一つ、これもいまや、二十世紀の小説の最高傑作といわれている、マルセル・プルーストの『失われた時を求めて』(の第一巻『スワンの恋』)を読んだ編集者の手紙。

「ねえ、きみ、わしは首から上が死んじまってるのかもしれんが、いくらない知恵をしぼってみても、ある男が眠りにつく前にいかにして寝返りを打ったかを描くのに、なぜ三〇ページも必要なのか、さっぱりわからんよ」

もちろん、ピカソの絵だって「なんだ、この子どもの描いたラクガキみたいなクソ絵は！」といわれていたこともあるのだ。自分の作品にオリジナリティーがあると信じたら、いくらひどいことをいわれても我慢しろ、ということなのかも。でも、こんな返事が来たら、やっぱりきついと思う。

—わたしはたったひとりです。たったひとり、たった、たったひとりの人間で、いちどにひとりにしかなれません。ふたりでもなく、三人でもなく、たったひとり。たったひとつの人生を生き、一時間はたった六〇分。たったひとりたったひとそろいの目。たったひとつの脳。たったひとり。たったひとりで、たったひとそろいの目で、たったひとつの時間とたったひとつの人生しかないので、あなたの原稿を三回も四回も読めません。たった一回も読めません。たったいちど、たったいちど見ただけで十分。たった一冊も売れないでしょう、たった一冊も、たった」

これは、ガートルード・スタインの名作『小説アイダ』への「不採用通知」全文だ。これを書いた人は、直前になにか、よほど腹に据えかねるようなことがあったのだろうか。

正直にいって、こんな文章だけはもらいたくないです。というか、この文章、けっこう名文ではないだろうか。編集者に、これほど情熱的な否定の文章を書かせるだけでも、そうとうすごいと思う。もはや、編集者に目がなかった、ということなんか遥かに超え、「不採用通知」史に残る傑作となってます。

「火にくべよ、お若いの。焼いてしまうがいい。炎がすべてを浄化してくれるだろう」

これは、アメリカの有名な作家ハリー・クルーズの『未発表短編集』を読んだ編集者のことば。でも、これぐらいでくじけちゃいけない。面白いのは、誉めているのに、「不採用通知」を送ってきた編集者がいること。こんな感じである。

「いやあ、きみ、これは傑作だ！　なんと完璧に練ってあることか！　この鮮かな色彩、この情熱！　まことにすばらしい。じつに詩的だ。わが社じゃなくて『ハーパーズ・バザー』誌に持っていきたまえ。あそこならこの作品の真価をわかってくれるだろう」

（ポール・ギャリコ『孤独な人びと』への「不採用通知」）

ふう。こんな風に「不採用通知」が一冊の本になるぐらい存在しているのは、日本と異なり、欧米では、いわゆる文学の新人賞はほとんどなくて、とりあえず作家を目指す人は、出版社に直接送ってみるしかないからだ。その結果として、わたしの大好きなウィリアム・サロイヤンのように、はじめて原稿採用通知が来るまで受けとった断り状の山は、なんと高さ一メートルもあった（！）というようなことまで起こるのである。いやあ、そんな世界、ちょっと耐えられんなあ……。

真夜中の俳句

俳句といえば、「古池や蛙飛びこむ水の音」とか「夏草や兵《つわもの》どもが夢の跡」とか「五月雨や大河を前に家二軒」とか（芭蕉や蕪村ですね）、江戸時代のものがポピュラーだ。とはいえ、俳句の世界も広大無辺で、現在も、無数の俳人の方々が新作を制作中であることは間違いない。その中で、わたしが特に気に入っている俳人の句を今回はご紹介したいと思う。

ただし、この人の作品は、要注意である。「18歳未満禁止」というか「おとなのみ鑑賞用」というか「真夜中の俳句」というか。そういう種類の作品なのである。その俳人の名前は北大路翼。この方は、あの歓楽街・新宿に住み、新宿の風景や事件をテーマにして日々、俳句を作っておられる。そんな北大路さんの句集『天使の涎』（邑書林）の中から、とりあえず、本書で公開可能（？）なものを選んで、お見せしようと思う。

電柱に嘔吐三寒四温かな

冬帽子目深に無人契約機

どちらも大都会の孤独な光景を歌っている。電柱でなくたって、駅のホームとかにも、同じ光景が見受けられる。確かに、汚い。だが、その背景にあるのは、酔わずにいられない人びとの孤独な心象ではないか。そう思うと、なんだか切ない気持ちがしてくる。もう一つの「無人契約機」も同じである。

この機械で、いわゆる「サラ金」からお金を借りるのだ。人ではなく機械を相手に。少々、ビミョーな気分。けれど、その存在は、多くの人にとって必須のものでもあるのだ。その、なんともいえぬ感情を象徴するのが「無人契約機」ではないだろうか。夜、道を歩いていて、ふと目を上げる。店の灯が眩しい。風俗店に飲み屋だけではない。その他にも、「自動販売機」と24時間開いているコンビニとファーストフードのチェーン店と「無人契約機」の灯がついている。なんだかホッとする。ここなら生きている、と感じるのだ。ただの機械ではない。人間社会と繋《つな》がることができる機械なのである。深い……。

レタス程度の女の拳浮気問ふ

あたたかし太腿といふ指定席

こちらは、ぐっと「おとなの俳句」である。最初の句は、浮気がばれて、相手の女性から殴られそうになったらしい。よくあること……かどうかはわからないが。いったい、作者は謝ったんだろうか。どうやら、殴られそうになりながら、冷静に、その女性の拳を眺めて、「ああ、この拳、レタスみたいだなあ」と思っていたらしい。達人である。というか、これこそ真のおとななのかも。そこまで冷静でないと生きてはいけない、ということなのか。

もう一句もすごい。「太腿」というような、俳句にはしにくいであろう素材に「あたたかし」と「指定席」をくっつけてしまった。おそらく、先程の女性に殴られそうになり、ぼんやり拳を見てばかりいたので、その女性から、「あんたもう、なにをいっても聞いてないいんだもん」と心底呆れられ、その呆れられた瞬間に、「疲れたから、ちょっと、きみの太腿を枕にして寝ていい?」とでもいったのではないだろうか。そこまで反省がないと、逆に、女性の方も、面倒くさくなって許してしまったのではないか。ほんとうに勉強になる。

キャバ嬢と見てゐるライバル店の火事

喧嘩始まる火事のこととは別件で

もしかすると、作者と一緒に火事を見ているキャバ嬢は、「レタス程度の拳」の女性だろうか。それにしても、すごい光景だ。そのキャバ嬢が勤めている店の「ライバル店」が燃えているところを見学しているなんて。もしかしたら、これ、「彼女は別に火をつけたわけではありません」とアリバイを証明するために作られた句なのだろうか。そうでないとしても、彼女の心境はどうだったのだろうか。「ざまあみろ」だったのだろうか。作者の心境はたぶん、「別に」だったような気がするが。

ところが、火事を見ていて、別の原因で「喧嘩」が始まっている。いったい、なぜ喧嘩をしたのだろう。ライバル店の火事を見ているうちに、そのキャバ嬢さんが「そういえば、あんた、あの店のマリエちゃんとデートしたわよね」と過去のトラブルを思いだしたのかもしれない。でも、心配することはない。最後には、「太腿」という「指定席」に戻ればいいのだ。ほんとにおとなの俳句ですね。

世界の名作を2秒で読めるか？

『忙しい現代人のための2秒で読める世界クイック名作集』（マキゾウ、オモコロ編集部著、イースト・プレス）という本を見つけた。いくら現代人が忙しいとはいえ、世界の名作を2秒で読めるわけがない……と思って読んだら、ほんとうに（ほぼ）2秒程度で世界の名作が紹介されているのである。すごい。すごすぎる。といっても、どんなやり方なら2秒で世界の名作が読めるのか読者のみなさんにはおわかりにならないであろう。説明しますね。これは、要するに、世界の名作を1頁のマンガにしてしまったのである（だいたい2コマから4コマぐらい）。マンガなら一望できる。それなら、ほんとうに2秒で読めるんです！

たとえば、『桃太郎』。

包丁を握ったおじいさんとおばあさんが巨大な桃の前にたたずんでいる。おじいさんが桃に包丁を入れる。桃が割れる。中では桃太郎が鬼の首を絞めている。お終い、である。

は、早い……。イヌもサルもキジも登場しない。桃太郎が単独で鬼を成敗しているだけだ。でも、とりあえず、おじいさんとおばあさんと桃と桃太郎が出てきて鬼退治をしているのだから、『桃太郎』という物語のエッセンスは抽出している、といえるだろう。しかし、桃太郎と鬼は、いったい何時、桃の中に入ったのだろう。オリジナルでは、桃の中に赤ん坊の桃太郎がいて、自然に桃の中で生まれたといわれても、なんとなく受け入れることができるけれど、桃太郎と鬼が闘争している状態のまま閉じこめられているのはかなり不自然ではあるまいか。でも、そんなことをいちいち気にしていては、忙しい現代人としては、名作を楽しむこともできません。

というわけで、次にいってみよう。『かぐや姫』である。知ってますよね？　あの、おじいさんが、竹林の中に入り、光っている竹の中から赤ん坊を見つける話である。あっ……そういえば、『桃太郎』とよく似てる……っていうことは、もしかして、竹を切ったらいきなり成人のかぐや姫が出てくるのか？　読んで（というか、見て）みましょう。

おじいさんが竹林の中に光る竹を見つける。おじいさんは竹を切ろうとして鉈《なた》を取り出す。すると、いきなり、竹は轟音《ごうおん》を発しながら月に向かって飛んでゆく……。お終い。

は、は、早すぎる……。中にかぐや姫が乗っているのかどうか確認する間もなく、いきなり、月に向かって出発するとは。これもまた、ものすごい省略である。っていうか、かぐや姫が出てこない『かぐや姫』って、ある意味、革命的だ。

では、次。『ごんぎつね』だ。いかん、タイトルを書いただけで、泣けてきた。ご存じ、新美南吉の名作だ。ごんという小狐が、自分のいたずらのせいで村の猟師の母親の命を縮めてしまったのを反省し、こっそり猟師の家に栗やキノコを置いてゆく。ある日、家に入ったところを、いたずらをしに来たと勘違いした猟師に撃たれるのである。でも、猟師は、ごんの持っていた栗に気づき、こういうのだ。「お前だったのか。いつも栗をくれたのは」。泣けるなあ、やっぱり。では、「2秒」版の『ごんぎつね』はどうなっているのか。

なぜか猟師は銀行のATMの前に立って、通帳を記帳している。そして、記帳した内容を見る。振込み人の欄には、ずっと「ゴン」の名前が……「ごん…お前だったのか…」送金してくれていたのは……。お終い。

いや、ごん……って銀行で入金作業ができるんだ。っていうか、振込み人（人じゃないけど）の名前だって入力できるんだ。確かに、栗やキノコより現金の方がありがたいけど、でも、でも、それじゃあ、泣けないんだけど……。

ふう。じゃあ、今度は「世界の名作」に行ってみよう。『ヘンゼルとグレーテル』だ。

意地悪な継母に森に置き去りにされたけど、一回目は小石をまいていたので戻れた。でも、その次にはパンしかなかったので戻れなかった。最後には、お菓子の家に住んでいた魔女を退治して、家に戻れました、ってやつね。では、どうぞ。

ヘンゼルとグレーテルはお菓子の家をバリバリ食べている。ヘンゼルがいう。「さてそろそろ帰るかー」。グレーテルは返事をする。「うん」。ヘンゼルはスマホを取り出すと、GPS機能を使って家に戻りました。お終い。

うーん……最先端の科学技術を導入するのか……いや、そうじゃなくて、いまや「世界の名作」に出てくる子どもたちも、スマホを持っているのか。みんな、スマホじゃなく、本を読めよ……。

以上のような「名作」が『2秒で読める世界クイック名作集』には山盛りでおさめられている。なにしろ、2秒で読めるから、収録されるお話の数も多い。これは、情報時代にふさわしい、名作のリノベーションなのかも。今度、小説でもやってみるかな……。

世界一素敵な書店はどこにあるかしら？

さて、世界一素敵な書店はどこにあるのだろう。確かに、某巨大ネット書店「密林」はたいへん便利で、わたしもしょっちゅう利用している。けれども、「素敵」ではない。昔は、ただその店内に滞在しているだけで気分が良くなる書店があった。だが、いまは、そもそも、書店そのものが減ってしまったのである。ちょっと寂しい。そんな時代に、わたしは、素敵な書店を発見したのである。その書店の名前は、「あるかしら書店」……どこにあるって？『あるかしら書店』（ヨシタケシンスケ著、ポプラ社）の中に、だ。

「あるかしら書店」は、「その町のはずれの一角」にある、「本にまつわる本」の専門店なのである。たとえば、あなたが、「○○についての本って、あるかしら？」と訊ねると、ほとんどの場合、店主は「ありますよ！」と言って、出してくれる。

まず、「『ちょっとめずらしい本』って…あるかしら…?」と訊くと、出てくるのは、『2人で読む本』だ。

この本、実は、上巻・下巻に分かれている。そんな本はいくらでもある、って? でも、この本はたいへん変わっていて、上巻には上半分が、下巻には下半分が書かれている。ということは、「2冊並べて同時にページをめくらないと読むことができない」のですよ。

だから、二人で肩を並べて一緒に読むしかない。「恋する2人」というようなタイトルの本を、恋人と並んでね。もっとすごいのは、「ご家族向き」の「上・中・下巻セット」もあって、この場合は、三冊縦に並べて、おとうさん・おかあさん・子どもで読むそうです。

はい。

じゃあ、次は「『本にまつわる道具』ってあるかしら?」と訊いてみましょう。店主はやはり「ありますよ!」と答えて、こんな「もの」を出してくれる。

『読書サポートロボ』である。

たとえば、「ヨムロボくん」というものがある。この「ヨムロボくん」、かなり小さい。せいぜい新書サイズぐらい? でもって、小さな身体に同じ大きさぐらいの「本型」の頭

が載っている。さて、なにをしてくれるかというと、

（1）うるさい所で耳をふさいでくれる。

（2）本を読んでいる途中で飽きてくると、「ここまで読んだんだからガンバロ！」と励ましてくれる。

（3）「ウトウトしてたら起こしてくれる」（本を読んでいるとなぜか眠くなる）。

（4）「暗い所で読んでたら『目ェ悪くなる!!』と叱ってくれる」。

（5）読んだら「感想を聞いてくれる」（「面白くなかったよ」「そっかー。でも10年後読んだらおもしろいんじゃない？」とか）。

（6）なんと「しおり機能」までついている！

そりゃ、欲しいよね。こういうロボット。

でもって、「あの。なんか、『本そのものについて』の本ってあるかしら？」と訊ねると、もちろん、店主は「ゴザイマス。」と答えて、こんな本を出してくれる。

たとえば、

『本が好きな人々』には、本が好きな人がたくさん出てくる。本を「かぐ」のが好きな人。となりの人の本を「のぞく」のが好きな人。本を「積む」のが好きな人。「本が好き」って言うのが好きな人。本に「タイヤをつけてはしらせる」のが好きな人。本に「ふくをきせる」のが好きな人。本を「手に持っておどる」のが好きな人。あなたは、本をどうするのが好きですか？

たとえば、

『本のその後』には、本が最後にどうなるかが書いてある。まず、読みおわったあとで、ボロボロになった本は「本リサイクルセンター」に行くのである。でもって、本はさまざまな要素に分解されるのである。「紙」は再生紙に、「色」と「文字」は印刷所に行き、再び本に、そして、「ものがたり」は分解センターに行くのである。さて、分解センターに行った「ものがたり」は、さらにこまかい「気持ち」に分解される。「喜」、「怒」、「哀」、「楽」、「その他」に。そして、それぞれの「気持ち」は、空からまいたり、街のすき間に置いたり、調味料にまぜられて、再び社会の中にとけこませます。みなさんの気持ちも、もしかしたら、分解センターから来たのかもしれません。たとえば、『本のようなもの』

には、「本のようなもの」が出てくる。それは「一人一人ストーリーをかかえているけれど、パッと見ただけでは中身はわからない」もので、「いつも誰かに見つけられるのを待って」いて「いつも誰かに中を見てほしいと思っている」ものだ……えっ、これ、人……。

とまあ、あらゆる種類の本を、この「あるかしら書店」で見つけることができる。けれども、一つだけ見つからない本がある。なんだかわかりますか？

「『必ず大ヒットする本のつくりかた』みたいな本って…あるかしら?!」と訊いてください。そのときだけ、店主は、こう答えるのです。

「あー。それはまだ無いですー。」ってね。

こんな研究をしています、マジですから……

わたしは、某大学で研究所の所長を務めさせていただいている。みなさんも信じられないだろうが、当の本人がいちばん信じられないので、お許しいただきたい。

研究所がしなければならないのは、要するに、大学教員すなわち研究者のみなさんの研究をお手伝いすることである。気持ちよく研究してもらい、その成果を発表していただく。そのための発表媒体として「紀要」などという分厚い雑誌を発行している。当然のことながら、論文の中身も読むわけだが、ほんとうにたくさんの研究がある。みなさんの努力を考えると、日々、頭が下がる……そのせいだろうか、この『ヘンな論文』（サンキュータツオ著、角川学芸出版）を読んだときには、びっくりした。この本に掲載されているような論文は、わたしの大学では読んだことがない、実に残念……いや、ほんとうにこんなものが存在するのか、と思った。

たとえば、「婚外恋愛継続時における男性の恋愛関係安定化意味付け作業―グランデッド・セオリー・アプローチによる理論生成―」は二〇一〇年の『立命館人間科学研究』21に掲載された。タイトルをサラッと読んでも、よくわからないかもしれないが、じっくり読んでみると、なんとなく意味がわかってくる。要するに「浮気をしている男性の頭の中はどうなっているか」という研究なのである。「そんなものが研究になるのか！」と怒らないでください。学者というものは、その研究対象を選ばない。そして、一見、瑣末《さまつ》で、意味などないような研究から「世紀の大発見」が生まれたりするのである。ニュートンは、リンゴが樹から落ちるところを見て重力を発見した。ふつうの人は、「あっ、食べよ」で終わってしまうだろう。その研究が、将来ノーベル賞を受賞することになるのか、それともイグノーベル賞を受賞するのか、それはわからないのだ。

ちなみに、この「婚外恋愛」を研究された方は、そのような経験の持ち主十人にインタビューし、そのうち六人は①夫婦関係に不満がない②奥さんとの関係は良好③奥さんへの愛情がある④彼女とも真剣、という結果が判明したのである。えええっ！ ちょっと、羨ましすぎるじゃないか……なに、それ……。さらに、「奥さんと愛人とで二股《ふたまた》をかけた場合」、当然、愛人の方に愛情が行ってしまうが、それではバレてしまうので、この方々は奥さまへの愛情表現は万全。「日常生活の家事を協力する」し「記念日にはかならずサプライズをする」上に、「毎日愛してると言う」のだそうだ。すごいなあ、尊敬するわ……。でも、そのように奥さまに愛情「表現」はするけれど、女性としての魅力は感じなくなってきているそうである。ちなみに、研究対象のひとりは「生活の中で見ている人やから、普段部屋に下着も干してあるし、風呂から上がった後そのへんぴーと歩いているときもあるし」のだそうだ。あるよなあ……。奥さま方、くれぐれも気をつけてください。思わず、真剣に読んでしまいそうになるけれど、この研究、「立命館人間科学研究」ではなく『週刊文春』いや『週刊SPA!』に載せた方がいいんじゃないですか?

さて「婚外恋愛」が、「人間科学」もしかしたら「心理学」の方面の研究なら、こちらは、物理学に関する研究ではないか。「走行中のブラジャー着用時の乳房振動とずれの特性」(二〇〇五年『日本家政学会誌』56 No.6)である。えっ? なに、それ? 走っているとき、ブラジャーの中のおっぱいが揺れる、その過程の研究? って、ほんとうに、それでいいのか日本家政学会。この論文、サンキュータツオさんも指摘しているように、「乳房振動」

というネーミングが素晴らしい。これが、単なる「おっぱいの揺れ」だったら、どうだ。あれ？　それも、いいかも……いや、なんといっても、これは論文だから、「乳房振動」でなければなりません。確かに、走っているときの、揺れるおっぱい、じゃなくて「乳房振動」は、なんともいえぬ味わいがある。別にエッチな目的で見ているわけではないはずなのに、なんだか悪いことをしているような気分になるのはなぜなんだろう。って、研究はそれじゃないですね。この論文では、ブラジャーの「装飾部を取り除き」半透明の状態にした上で、乳房にマークをつけ、それを二台のCCDカメラで撮影し、「乳房振動」の幅を測ったそうである。ちなみに、平均的な「揺れ」は「30秒で37回の上下運動」だそうです。あっ、そう。

以上の二つを筆頭に、公園の斜面に座るカップルがどのような行動をとるかを研究した「傾斜面に着座するカップルに求められる他者との距離」（『日本建築学会環境系論文集』第615号）や人類永遠の謎「あくびはなぜうつるのか」を研究した「行動伝染の研究動向」（「いわき明星大学人文学部研究紀要」）等々、感動と感涙を産む研究が目白押しだ。実際、ふつうの小説を読むよりずっと面白いんですが。なぜ？　誰か、研究して！

もし武田信玄の時代にインターネットがあったら

信玄の時代にネットがあったら、塩がなくなった信玄は、一斉メールを出して助けを乞うたかもしれない。いや、ツイッターのダイレクトメール機能を使って「ごめん、塩を送って」といったかもしれない。『【至急】塩を止められて困っています【信玄】日本史パロディ　戦国〜江戸時代篇』（スエヒロ著、飛鳥新社）は、その可能性を探った本である。たとえば。

「木下藤吉郎公認・立身出世したいお侍様向け　草履あたため代行サービス」……。
「当サービスは、出世に欠かせない『懐で草履をあたためる作業』を当社スタッフが代行するサービスです。日本で唯一の木下藤吉郎公認のサービスとなっており、ご指定の時間に人肌にあたたまった草履をお手元にご用意いたします」

「当社の専門スタッフがすべての草履を懐で丁寧にあたためます」
「手ぶらでもOK　●あたためる専門スタッフが24時間常駐　●足の大きい方・小さい方用の草履にも対応　●草履のレンタル・グレードアップも相談可」

別に、懐であたためなくても、レンジでチン……は無理でも、簡単にあたためられるじゃないか。だいたい、「代行」してもらったら意味ないじゃないか、とか野暮なことはいわなくてもいいのである。当時は、技術も発達せず、社会のインフラも整備されてはいなかったのだ。もし、侍社会が現在にあったとして、真剣に「立身出世」を考える侍のために、これに似たサービスがあっても不思議ではないだろう。っていうか、飛脚は「サガワ」とか「ヤマト」っていわれていたんでしょうか。次にあげる例などは、いまも昔も社会は変わらないことを示しているようにわたしには思えるのだが。

「刀狩りを装った詐欺にご注意ください」
「最近、領民の方々に対して、『刀狩り担当』『豊臣政権の関係者』『豊臣政権からの委託』など、豊臣政権が行っている『刀狩り』関係者を装って、刀・槍・鉄砲などを不正に回収する事例が多発しております。

豊臣政権では刀狩りに際して『刀狩りのお知らせハガキ』に記載されている日時以外に、領民の方々をご訪問して、刀を回収することは一切ありません」

「被害にあわないための予防対策

●すぐに刀を出したり、家の中にあげない

●『刀狩りのお知らせハガキ』と日時が違う場合は刀を渡さない

●豊臣秀吉の名前をすぐに出す人物に注意する

●豊臣関係者を名乗ったら所属と名前を問い合わせる

●怪しいと思ったら最寄りの城に問い合わせる」

グローバリズムが世界を覆い尽くそうとするいま、実は、世界の学者や政治家の中に、「江戸時代」を見直そうという動きがあることをご存じだろうか。循環型社会の中、極力、ゴミや不用品を出さなかった、環境に優しい経済が江戸時代であった。もし、ペリーが来航せず、鎖国が続いていたら、と思うことがある。そうすれば、日本は世界最先端、理想の国だったかもしれないのだ。それでも、事件はあったかもしれないが。「おれおれ、おれなんだけど。殿様切っちゃって、脱藩しちゃったんだよ。ほんとバカなことしちゃった。藩の追手が迫ってんの、ごめん、お金振り込んで、海外逃亡しなきゃヤバいんだよ。ご朱印船で密航すんの。ジャワに着いたら連絡すんね」とか。そうそう、当時は、「国」といっても「藩」だった。日本国はなかったのだ。そして、「藩」にはわたしたちに想像できないような仕事があったのである。

「参勤交代のしおり　~因幡鳥取藩2代藩主池田綱清と行く21日間江戸の旅~」

「☆日程　貞享4年3月18日 国元出発 貞享4年4月7日 江戸着（21日間）経路　佐屋街道　※鳥取藩への帰郷は翌年5月頃を予定しています」

「☆用意するもの

●動きやすい服装　●雨具　●防寒具　●江戸までの運搬を担当する物資　●お金（宿泊費、食費などは不要です）

☆服装・履物について

●江戸までの長距離移動になりますので、必ず動きやすい服装で参加してください。

●道中の峠や、急な天候変化に備えて雨具、防寒具も必ず持参してください。

●履物はおろしたてのものを避け、わらじなど履き慣れた履物で参加してください」

いや、このしおり、普通に存在したんじゃないの……わからんけど。

オノ・ヨーコ、半世紀ぶりの贈り物

ジョン・レノンとオノ・ヨーコが出会ったのは一九六六年。あるギャラリーでヨーコが、個展を開こうとしていたその前日。ギャラリーを歩いていたジョンは、あるものに目をとめた。それは、真っ白なキャンバスに釘と金槌が添えてあり、そこに「釘を打て」と書いてある、そういうタイトルの「美術作品」だった。偶然、そこにヨーコもいた。「釘を打っていい?」とジョンがいうと、ヨーコは、まだ展覧会前日だったので「5シリング払うならいいわ」と答えた。するとジョンは「では、あなたに想像の5シリングを払うから、想像の釘を打つね」と答えた。なんて素敵! そこから、ジョンとヨーコの交際が始まったといわれている(実は、もう一つ説がある。その展覧会には別の作品があって、それは、大きな脚立に上って、虫眼鏡で天井に書かれた文字を眺める、というものだった。ジョンがその脚立に上り、虫眼鏡で眺めると、そこには「YES(はい)」という文字があった。

その温かい答えに感動して、ジョンが好意を持つようになった、というもの)。
ジョンは、「芸術家」オノ・ヨーコに惹かれた。そのヨーコの初期の「名作」に『グレープフルーツ・ジュース』(南風椎訳、講談社)という「作品集」がある。「作品集」といっても、本であり、わたしたちは、それを「読む」ことができる。けれども、それは、小説でもなければ、詩でもない。「美術」、いや、「芸術」と呼ぶしかない、なにものかなのだ。評論家なら「コンセプチュアル・アート」と呼ぶところだろう。たとえば、

「地下水の流れる音を聴きなさい。」

「地球が回る音を聴きなさい。」

「盗みなさい。水に映った月を、バケツで。盗みつづけなさい。水の上に月が見えなくなるまで。」

どうだろうか。詩のようにも読める。でも、ヨーコは、以上のことを「命ずる」。実際に可能なこともあるし、とても不可能なこともある。でも、なにかを「する」ことを、ヨーコは要請する。そういう形で、みんなが「参加する」ことのできる「なにか」が、ヨーコの「芸術」だった。そして、それをまとめた『グレープフルーツ・ジュース』は、いつしか、世界中に大きな影響を与える本となったのだ。それから半世紀、その『グレープフルーツ・ジュース』の続編が誕生した。タイトルは『どんぐり』（越膳こずえ訳、河出書房新社）。頁を開くと、そこには、懐かしい、オノ・ヨーコの世界があった。こんな感じ。

「はしごに昇って空に手を伸ばす。
高さの違うはしごにも昇ってみる。
高いはしごからは
空が近く見えるのか確かめる。」

もちろん、「常識的」な人間は、「はしごに昇っても、空の高さは変わらない」というだろう。「いくらながめても」と。違うのである。「はしごに昇って手を伸ばす」というような、世間から見て「無意味」なことをしてみる。そして、さらに「空が近く見えるのか確かめる」というような、もっと「無意味」なことをしてみる。それが大切なのだ。世界中の誰もが、「意味」あることに熱中しているとき（この世でいちばん「意味」あることは、たぶん、「お金儲け」ということになるだろう）、そうではないことをやってみる。そのことに「意味」があるのだ。ほら、どんな風に、ヨーコの「作品」を読めばいいか、というか、「参加」すればいいか、わかってきたでしょう？　では、こんなのは如何。

「地球は友だちのようなもの
いじめたり無視したりしてきた。
許しを請う。

地球に　どれほど大切に思っているかを伝える。
地球に　どれほど美しいかを伝える。
地球に　愛していると伝える。」

説明はいりませんよね。ほんとうにそう思う。では、みなさん、地球に向かって、思いの丈を伝えましょう！　次のやつも説明なんかいらないよね。こんな時代には、特に。

「国旗の日に
メッセージの書かれた旗を掲げる
自分の気持ちを伝える旗を。
「I LOVE YOU《愛してる》」、「YES《イエス》」、「HELP《助けて》」など
そして、何が起こるか待つ。」

赤ちゃんの言い分

わたしは、NHKラジオの「すっぴん！」という番組に毎週金曜日、パーソナリティで出演している。その中に、「源ちゃんのゲンダイ国語」というコーナーがあって、そこでは、ことばに関して深く考えさせられるような本を紹介しているのだが、つい先日、コーナー史上、もっとも放送困難な本を取り扱った。どうして困難かというと、写真集だからです！　どうして、そんな、（ラジオで）とりあげにくいものを扱ったかというと、みなさんに紹介せずにはいられないほど素晴らしい本だったからだ。

タイトルは『うちの子が泣いてるワケ』（新潮社）。世界中の赤ちゃん（幼児も含む）が泣いているだけの写真集である。まことにもって、ラジオでは取り扱いにくい物件だ。もちろん、赤ちゃんたちはただ泣いているわけじゃない。それぞれに理由があって泣いているのだ。

著者のグレッグ・ペンブロークさんは、あるとき、自分の子ども（赤ちゃんです）が泣いている写真に、その「理由」を書いて、フェイスブックにアップした。すると、途轍《とてつ》もない反響があった。そして、世界中から、「泣いている赤ちゃん」＋「その理由」の写真が殺到したのである。いや、とりあえず、紹介しよう。といっても、写真がないので、そのところは想像していただくしかない。

「アカネちゃん、アカネちゃん……どうしたの？
だって……だって……カサをさしてるのに、おうちのなか、あめがふってないんだもの……」

確かに。さっき、お外にいたときには、雨が降っていたのに、家に戻ったら、雨がやんでしまった。みんな、屋根が悪いのだ。もっと、ずっと、傘をさしていたいというアカネちゃんの気持ちは、痛いほどわか……らないけど。

「おい、どうした？　タクマ、どうして、泣いてるんだ？

エーン、エーン、エーン……だって、だって……いぬのうんちをもってかえってきちゃ、いけないって、ママがいうんだもん……」

そりゃ、タクマ、うんちを食っちゃうよりましだけど……いや、ほんとにもう、持って帰ってきちゃいけません！　猫のうんちも！　それから、カエルの死体もね！


「よしよし、ミユちゃん、なんで、泣いてるの？　訳をいってごらんよ。

ヒグッ、ヒグッ、エグッ……あのね……ヒグッ、バナナを食べたらなくなっちゃったんだもん……ヒグッ、エグッ」

いいかい？　食べものは、食べたらなくなるの。なんでもね。悲しいよね。でも、仕方ないんだよ……。


「あれえ？　サキちゃん、どうして、目に涙がいっぱいたまってるのかなあ？

フェーン、フェーン、フェーン……リンゴとミカンに、おしおをかけたら、からかったの……」

ああ、もう、ママがよそ見してる間にそんなことしてたのか！　スイカならいいけど、他のくだものには塩なんかかけちゃダメ！　パンに醤油をかけるのもダメ！　スリッパにマヨネーズをかけるのも禁止します！

「リクくん……リクくん、ってば。なんで、アイスを握りしめたまま、号泣してんの？ワワワワーン！　ワワワッワワッワーン！　ひ、ひ、ひどいんだよ……パパが……『ひとくちちょうだい』って……ひとくちじゃなかったん……だもん……ワワワワーン！」

……まあ、おとなの「一口」はおっきいからなあ……気持ち、わかる……。

「ヒカルちゃん！　ヒカルちゃん！　あんた、泣きすぎ！

フグォッ、グォォヲ、ブブッグッ……。

っていうか、なにいってんのか、わかんないよ！

だってえ、ばなみずがどまらないのお、どうじでいいがわがんない……」

鼻、かみなさい！

子どもたちは、というか、赤ちゃんは泣く。泣くのが仕事だからである。確かに、その理由を訊けば、一理……ないな。でも、それでいいのである。赤ちゃんは敏感だ。どんな小さなことも、彼らの繊細な神経はキャッチし、そして、彼らができるもっとも情感溢れる反応に変換する。つまり、泣くのである。泣いていいのだ。そのことによって、彼らはさらに成長してゆくのだから。ああ、でも、女性の場合も、時々、泣いてる意味がわからないときがあるんだよね……。

パン屋さんの前に置かれた黒板に彼は毎日、ことばを書きつけた

しょうぶ学園は、鹿児島市の近郊、豊かな自然に恵まれた環境にある。そこには、知的障害者が暮らす入所施設の他に、彼らの、豊かな感性に満ちた創作やものづくりのための施設もある。その一つが、パン工房の「ル・カリヨン」(その後は「ポンピ堂」と名前が変わった)だ。その工房でずっとパンを作っていたのが、伊藤勇二さん。彼は、当時、四十九歳。二〇〇七年からパン工房で働き始めた伊藤さんの仕事の一つが、朝、店頭の黒板に、その日のメニュー、どんなパンがいくらで売られているのかを書くことだった。そのうち、黒板の余ったスペースに、伊藤さんは「おいしいですよ」とか「今日はいい天気ですね」ということばを書きつけるようになった。そして、そのことばの数はどんどん増えていった。やがて、「ル・カリヨン」を訪れる客たちは、黒板に書かれた、伊藤さんのことばを読むのを、なにより楽しみにするようになった。そしていま、わたしたちは、その

ことばを『カリヨン黒板日誌』（しょうぶ学園著、パルコ）の中で読むことができる。

「9月6日（木）（晴のち雨）（33℃）

少しずつすずしくなってきました。すこし秋らしくなってきました。でも日中ねたいやでむしあついです。秋になったのにすずむしがないています。秋はころぎや小鳥やせみのなき声はよく聞けど秋にすずむしがよくないています。きせが夏から秋へかわろとしています。さいきん台風は東京や父島やかとんほくりよくをおそいます。げいんはねったいやのせいです。あついねったいやはいつまでつづくんでしょう。よくわかりません。さいきんのわかい人のまながよくありません男性も女性ちょうとちゅういされるとすぐきれます。よくありません。きれやすい男性女性はりっぱな社会人にはなれません。世話人お父さんお母さんお姉さんになんでもはなしましょう。みんなさんファイトーがんばれ」

「10月1日（月）（くもりから晴）（32℃）

……。朝夕はすずしいけど日中はあついです。いたいつまで日中のあついひがつづくんでしょう。きのうはぼくけんけつしました。いままでなかもけんけつしにいたけどちがうすくてけんけつできませんでした。こんかいはじめってちのけんさをしてちがこゆうかったのでけんけつルームでけんけつできました。400ccちとりました。ぼくはけんけつできってうれしいかったです。ぼくのとって大事なものは人のためなることです。こよでいちばんぼくにとってかのじょうのはつみさんです。はつみさんはぼくにとっても大事な人なのでぼくははつみさんを大事にします。ぼくにはともだちのなつみさんもいます。よこばばなつみさんもぼくとって大事な人でもあります。なつみさんぼくの大事なともだちです。ともだちなつみさんもうんとぼくは大事にします。ぼくわだいをノートかて小せつかになります。ぼくは小せつかになっててんらんかいをひらけるようにがんばります。なつみさん、はつみさんぼくのことおえんしてねぼくもはつみさんとなつみさんをおえんします」

「11月8日（土）（雨）（24℃）

今日はお天気がわるいです。お天気もくもっています。秋田のほうではたつまきぐもがでたそうです。ぼくたち日本地球はどうぶつがすみにくくなっています。どうぶつが地球にすめないと人もすみにくくなります。早くどうぶつや人間がすめるかんきょうつくてほしいです。ぼくのかのじょうはつみさんはこころがとってもやさしいです。……」

「4月23日（土）（晴）（24℃）

今日はさわやかなかぜがふってとっても気持がいいです。さくらのはなピンクのはなびらかぜにふかれておちてくるのでとってもきれいです。……じしんのいきょうでじしんでひがいになったところはたいへんみたいです。岩手のラーメンやさんもおきゃくさんがすくないそうです。大ピンチーです。きぼうをうしなた人たちにうたで元気ずけてあげましょう。きぼうをうしなった人たちにやさしくしてあげましょう」

ところどころ、字に間違いはある。それがどうしたというのだ。もっと難しいことを書く人はたくさんいる。でも、それがどうしたというのだ。もっと大切なことがここには書かれているのだ。黒板に書かれた伊藤さんの字を読んでいると、誰もがそんな気持ちにおそわれる。それは、なぜなんだろうか。いや、とにかく、みんなは、味わったことのない気分を味わうために、黒板に書かれた、決して上手とはいえない文字の前に立つのである。

第三章

穴があくほど見る……
君の視線はレーザー光線か!?

お釈迦さま以外はみんなバカ

お釈迦さま以外はみんなバカ……といっているのは、わたしではない。玄侑宗久《げんゆうそうきゅう》さんだ。玄侑さんは臨済宗のお坊さんで、芥川賞作家だ。その玄侑さんがいっているのだから、間違いないはずである。では、どうして、お釈迦さま以外は全部バカなのか。玄侑さんの書いた『さすらいの仏教語』（中公新書）を読んでみよう。おおむね、こんなことが書いてある。「バカ」ということばの語源はというと、

「これはもともと僧侶の隠語で、サンスクリットの『モハー』(moha) に漢字『莫迦』を当てたというのだが、『モハー』とは『痴』の意味である」

「莫」は否定の意味であり、「迦」はもちろん、「お釈迦さま」の「迦」である。ほら、「バカ」＝「お釈迦さまではない」ではありませんか。ということは、人類はみんな、「バカ」ということになる。まあ、悟りを開いてしまった人以外は、全員「バカ」ということ

にしてもいい。それにしても、ほとんどの人間がそうではないか。だとしたら、そういうことばを蔑称とは呼べないだろう。なので、みなさんも、安心して「バーカ」といってください。それで、「なんだと！　喧嘩売ってんのか！」といわれたら、そこで初めて、「いや、お釈迦さま以外は全員バカなんだよ、もともとの意味は」といえば、わかってくれるはずである……たぶん。

さて、みなさん、立ったり座ったりする時、「どっこいしょ」といわないだろうか。わたしはいう。なにしろ、もう六十代なのだから仕方ない。カッコ悪いし、老人っぽいから、いわないようにしようと思っている方もいるかもしれない。ご安心ください。自信をもって、「どっこいしょ！」といってください。なんら引け目を感じる必要はないのである。実は、この「どっこいしょ」、もともとは「六根清浄《ろっこんしょうじょう》」がなまったものなのだ。

「富士山に登るとき、『六根清浄、お山は晴天』と呟きながら登る人々はいまだにいるが、どうもその人々が疲れてくると『ろっこんしょうじょう（六根清浄）』がくずれ、周囲の人には『どっこいしょ』と聞こえてきたらしい」

ちなみに、「六根」はもちろん仏教語だ。我々が持っている六つの器官、すなわち、眼・耳・鼻・舌・身・意を指すようである。では、「なぜ六根は清浄でなければいけないのか、というと、余計な迷いを生みださないため」なのである。とはいえ、誰もが迷う。眼や耳や鼻といった六つの器官から入ってくるさまざまな情報によって、思い惑う。インターネットばかり見て依存症になる人は、まさに「迷える人」である。では、どうすれば、「六根」が「清浄」になるのか。もちろん、修行によって悟りを開く、という方法もあるだろう。だが、もっと気楽にできる方法があるのだ。疲れてしまえばいいのである。意識がもうろうとなるほどクタクタになってしまえば、迷う暇なんかない。そういうことだ。疲れて、もう立てません。その時、あなたは、心の底から「どっこいしょ」といって立ち上がるのである。「どっこいしょ」ではなく「六根清浄」だ。あなたは、悟りを開くべく、ありがたい念仏を唱えたようなものなのである。だから、「『どっこいしょ』だって、やーだ、年寄りくさい」と若い者にいわれたら、「なにをいってる、わたしがいま呟いた『どっこいしょ』は、仏教に伝わる、悟りへの最短距離のありがたい呪文なのだ。なにも知らないな、おまえ」といってあげなさい。もう一つ行ってみよう。

「がたぴし」ということばがある。「どうも最近、ドアががたぴししてる。この家も古いからなあ」「おとうさんと一緒ね」などという風に使う。困ったものである。このことばも、たいへんネガティヴなイメージがつきまとっている。だが、違うのである。ほんとうは、たいへんありがたい仏教用語なのだ。

説明しよう。「がたぴし」はもともと「我他彼此《がたひし》」ということばに由来している。「我他彼此」にはどんな意味があるのか。玄侑さんは「これは『我』によって『自他』の融合が妨げられ、『彼《かれ》』と『此《これ》』とも無益に比較してしまうという人間存在への本質的な仏教的認識を、じつにうまく表現している」とおっしゃっている。なるほど。四つの漢字を並べるだけで、それほどまでに深淵な意味が生まれるのである。仏教、恐るべし。わたしたちはみんな、「我」に悩まされている。というか、「我」が悩んでいる。「我」があるから、「他」と比較したくなったり、「彼」と「此」を比べてしまう。確かに、わたしたちの内面は、そのせいで、「がたぴし」音を立てているのである。当然ながら、「がたがた」は「我他我他」だし、「がたがくる」も「我他が来る」だから、やはり同じような意味なのだ。

そんな「我他」地獄から脱するには、「無我」になるしかないのかもしれない。ほら。「がたぴし」は、そんな智恵をわたしたちに授けてくれるありがたい音なのだ。だとするなら、なんの音もしない、どこにも狂いのない新築の家より、古くなって、「がたぴし」した家に住んでいる方が、利口になれるのではないだろうか。

学名に気をつけろ！

人間の学名が「ホモ・サピエンス」であることは、誰でも知っている。これがラテン語であることも、また「ホモ」が「人」、「サピエンス」が「賢い」を意味することばであることも多くの方はご存じであろう。そして、あらゆる生物は、このようなラテン語による学名を持っているのである。そのことは、どうだろう。なんとなく、そうかも、と思われるかもしれない。そうなんです。あらゆる生きものは「学名」を持っている。では、どんな学名なのか。今回は、衝撃の学名を持つ、一群の生物についてお教えしたい。その生きものとは、「恐竜」さん……いや、「さん」なんかつけることはないが……である。

トリケラトプスやティラノサウルスも、学名である。恐竜学名の意味について『恐竜学名辞典』（松田眞由美著、北隆館）を読みながら考えてみたい。

アレクトゥロサウルス・オルセニ

……これは、中国・内モンゴル自治区で発見された、全長5mほどの肉食恐竜さんである。この学名は、アレクトゥロ（未婚の）サウルス・オルセニ（オルセンで発見された）、で「オルセンの、未婚のトカゲ」という意味なのだ。ちょっと待って。どうして「未婚」などという重要な事実がわかったのか。調べてみました。するとですね、どうやら、二つの個体が少し離れたところから発見されたので、関係がなさそうだから、「未婚の」ということになったらしいのだ。そんな簡単な推理でいいのかよ！　事実婚だったかもしれないじゃないか！　っていうか、そもそも何の関係もないんじゃないの、この人……じゃなくて、発見された恐竜さんたちは。たまたま、コンビニに買い物に出かけている間に、火山が噴火して灰で生き埋めになり三千年後に掘り出されて、離ればなれだったから「未婚の人間」という学名がつけられるとしたら、ほんとうに心残りだろう。恐竜さんに名前をつける学者のみなさんは、かなり思いこみが激しいのではないだろうか。

アトゥロキラプトル・マーシャリ

……これはカナダ産の2mくらいで2足歩行の肉食の恐竜さんである。このラテン語の学名を訳すと「マーシャル（発見した人の名前らしい）の、獰猛《どうもう》な泥棒（ラプトル）」である。泥棒……いったい、マーシャルさんは、この恐竜が泥棒している現場を見たとでもいうのだろうか。あるいは、犯行中の様子のまま化石になっていたとでもいうのだろうか。どうも、獰猛っぽいので泥棒と名づけたらしいのである。これは絶対、電車に乗っていてマーシャルさんが近くにいたら、何もしなくても「痴漢！」といわれる可能性があるのではないか。いくら肉食だからといって、「獰猛」だの「泥棒」だのと決めつけるなんてあんまりじゃないですか。反論することもできず、ただ化石になっているしかないアトゥロキラプトルくんの気持ちを想像するだに、心が痛むのである。

ゴジラサウルス・クワイ

……この名前を見ると、みなさん、不吉な予感に襲われるのではないだろうか。ゴジラ、といえば、あのゴジラ？　まさかね。だって、ゴジラはそもそも恐竜をイメージして作られた、想像上の生きものであることは、世界中誰でも知っている。この、アメリカ産の全長5・5mほどの2足歩行で肉食の恐竜さんの学名の意味は「クワイ郡の、ゴジラトカゲ」って、えっ? 説明を読んでみますね。「日本の怪獣映画『ゴジラ』に由来する、名付け親である古生物学者ケネス・カーペンターが『ゴジラ』のファンだったから」。ファンだから、って、そのままつけてもいいのかよ! これじゃあ、エイリアンサウルスにダース・ベイダーサウルスとか、なんでもありじゃん! 学名だから、もっと節度を守りなさいよ! だいたい、5mほどしかないのにゴジラと名づけるなんて、本家に失礼じゃないか。というわけで、恐竜さんの学名はなんでもありの世界のようなのである。じゃあ、なんでもありついでに、これいきます。

ドゥラコレックス・ホグワーツィア

……えっと……この学名の意味は「ホグワーツの、竜王」です。間違いようがない。説明を読む必要もないと思うが、一応読んでおくと「『ハリー・ポッター』シリーズのホグワーツ魔法学校に因む」と書いてある。どんな恐竜さんかというと「全長3mほど、2足歩行で、植物食」って……って、どこが竜なんだよ! せいぜい、大トトロ、中トトロ、小トトロの、真ん中にいる中トトロぐらいじゃないか！　いや、その容貌だと、これ「メディウム（たぶん、「中」の意味）トトロレックス・ジブリ」ぐらいにしておいた方が説得力があるのではないか。こんな命名がオーケイなら、つけ放題ってこと？　エーユー・サンタロウサウルス（あの……わかりますか……ケータイのａｕのＣＭに出てくる金太郎・桃太郎・浦島太郎のことなんですが）でもいいの？　ほんとうに他人事ながら心配だ。はっきりいって、恐竜の学名がキラキラネームになっている、ということなのだろうか。今度、他の学名も調べてみますね！

辞書は引くものでも、読むものでもない、作るものだ！

倉本美津留さんにはたくさんの顔がある。倉本さんは、ミュージシャンであり作詞家であり演出家であり脚本家なのだが、やはりいちばん有名なのは放送作家としての顔であろう。『ダウンタウンのごっつええ感じ』（フジテレビ系）、『たけしの万物創世紀』（テレビ朝日系）、『伊東家の食卓』（日本テレビ系列）、『HEY! HEY! HEY! MUSIC CHAMP』（フジテレビ系列）、そして最近では、NHKの子ども番組『シャキーン！』等々、ヒット番組ばかりだ。その倉本さんの、秘めたる才能、それはなんと辞書作りなのである。

ことばの専門家は、たいていたくさんの辞書を持っている。というか、辞書を使いこなすのが趣味という人は多い。だが、それが高じて、ついには自分で作ってしまった、というのは倉本さんぐらいではないか。しかも、それは、前代未聞の辞書だったのだ。

倉本さんがたったひとりで作った辞書の名前は『どらごん―道楽言』（朝日出版社、改訂版『倉本美津留の超国語辞典』は関西弁が少しマイルドになっている）で、中身は国語辞書。では、どこが前代未聞なのか。紹介しよう。まず、分類がオカシイのである。

たとえば、最初の分類項目は「大げさ表現語」だ。もちろん、ふつうの（国語）辞書には、こんな分類は存在しない。

中身を読んでみた。

「血眼《ちまなこ》になる」ということばが出ている。辞書だから、そのことばの意味が書いてある。こんな具合に。

「目から血が出るくらい探すって凄すぎるぞ！」

確かに、「血眼になって探す」というような使い方をするのだから、これでいいのだろう。いや、これって、ただの意味ではなく、漫才における「ツッコミ」じゃないのか。

「断腸の思い……ほんまやったら気絶してしまうぞ！」

「寝食を忘れて……ほんまやったら死んでしまうぞ！」

「死にものぐるい……ほんまやったら二度と正気に戻ってこられへんぞ！」

なんといえばいいのか……もはや、説明の方は、どうでもいいのだろう。でも、それでは辞書としての役割はどうなってしまうのか。倉本さんが重視しているのは、意味ではなく、そのことばを使う時、いつも感じていた疑念のようだ。倉本さんは、ことばをただなんとなく使うのではなく、はっきりと意味がわかって使いたかったのだ。だから、辞書という場を借りて、いいたかったことを叫んでいるのである。

「穴があくほど見る……君の視線はレーザー光線か!?」

「目と鼻の先……その間隔約５㎝…近すぎるっちゅうねん！」

「顔が広い……東京ドーム10個分やないねんから」

わかっていただけたであろうか。いっていることはすべて正しい。なんと、この世には、というか、日本語の世界には「大げさな」表現が多いのか。教えてくれてありがとう。でも、この辞書を読んだ後だと、こういうことばを使おうとすると、笑って、使えなくなるのではないか。それが心配だ。

「大げさ表現語」に続くのは「おかしな名前つけられて」と題されたパートである。名前だから、当然、名詞が対象だ。まずは、「言いすぎ名前」。

「万年筆↑そんなに永いこともたへんちゅうねん！」

「万能ネギ↑そんなに何でもでけへんちゅうねん！」

「魔法瓶↑ぬくいのんキープしてるだけやっちゅうねん！」

まったくその通りである。どうして、こんな、誇大広告っぽい名前をつけたんだろう。

「百年筆」「食用ネギ」「保温瓶」でいいじゃないか。なに、それでは、売れないって？

そんなことだから、不正がまかり通るのである。ここは一つ「正直な名前」というネーミングも必要なのではないか。この部分を読んでいると、そんなことすら考えてしまう。単なる辞書を超えた文明批評の本といってもいいのではないだろうか。はい、次。「どうかなー名前」という連中です。

「アリクイ↑食いもんの方をメインにするなっちゅうねん！」

「ナマケモノ↑単なる悪口やっちゅうねん！」

「振り袖↑振らなあかんみたいに言うなっちゅうねん！」

「踊り場↑誰もおどってないっちゅうねん！」

「父兄参観↑行くのはお母んがメインやったっちゅうねん！」

「未亡人↑未だ亡くならへん人って、そしたら死ねっちゅうことかい！」

もういいだろうか。書き写しながら、こんなに笑ってしまったことは、わたしの記憶にはない。ここでも、倉本さんの怒り（だろう）は、すべて正しいように思える。ふだん、わたしたちは、なんと適当にことばを使っているのだろう。辞書を読んでいて、こんなに怒られたような気がすることも、かつてなかったことだ。

わたしは、「辞書は引くものでも、読むものでもない、作るものだ！」とタイトルに書いた。これは訂正しなければならないかも。倉本さんにとって、辞書は、ただ作るものですらなく、怒り、誤解を訂正し、人びとをハッとさせるものなのだ。それにしても、これ、標準語で書かれていたら、そんなに迫力はなかったかも。恐るべしやないか、関西弁！

語源な話

みなさんも、「あこぎ」ということばをご存じであろう。「大辞泉」には「しつこく、ずうずうしいこと。義理人情に欠けあくどいこと。特に、無慈悲に金品をむさぼること」と書いてあるようだ。まことにネガティヴな意味の持ち主である。そういうことをしていると、いつ何時、「粛清」されるかもしれない。もっとも、いまは「あいつはあこぎな人だ」というより「あいつ、ブラック企業みたいだ」というのかもしれないけれど。

さて、問題である。「あこぎ」ということばはどこから来たのでしょうか。わからないでしょ？　わたしも知りませんでした。じっと眺めてみると、変なことばだ。「あこぎ」。「あ」と「こ」と「ぎ」なんだろうか。「あこ」＆「ぎ」なんだろうか。それとも「あ」「こぎ」なの？　というか、いったい、いつから、どうして、こんなことばが、このような意味で使われるようになったのか。それを知りたかったら、わぐりたかしさんの『地団

駄は島根で踏め 行って・見て・触れる《語源の旅》』（光文社新書）を読めばいいのである。

なんと、「あこぎ」というのは、「阿漕」と書いて地名なのである（！）。わたしも、ほんとに驚いた。でも、これぐらいなら、国語辞典をひけば書いてある。たとえば、「あこぎ」の語源について、『明鏡国語辞典』（大修館書店）では、こんな風に紹介している。

「禁漁区の阿漕ヶ浦《あこぎがうら》（三重県津市の海岸）でしばしば密漁をして捕らえられたという漁師の伝説からという。そこからたび重なる意が生じ、さらに際限なくむさぼる意に転じた」

さらに、『広辞苑』（岩波書店）には、その「あこぎな」漁師の名前まで出ている。

「あこぎのへいじ〔阿漕の平次〕

阿漕ヶ浦で禁断を犯し、魚をえようとして簀巻《すまき》にされたという伝説の漁夫」

なるほど、そうだったのか。悪い漁師がいたんだなあ、そりゃあ「あこぎ」でしょ……たいていの人は、そのあたりで思考を停止する。だって、それ以上調べようがないんだから。ところが、わぐりさんは違うのである。なぜ、どこが違うのか。まず、わぐりさんが疑問に思ったのは、この「阿漕の平次」（地元では主に「平治」と表記される）は、歌に詠《よ》まれたり、浄瑠璃や能の題材になったりと、長く語り伝えられていることだ。しかも、現地には平治の霊を供養する阿漕塚なるものまである。そんな悪い漁師が、そこまで伝説に残るだろうか。そして、ついには、「よし、現地に行って、ほんとうかどうか調べてみよう」と思ったのである。なんという探究心！　だから、人は、わぐりさんを「語源ハンター」と呼んでいるのだ。

というわけで、わぐりさんは、いきなり三重県津市にあるJR阿漕駅で降りてしまう。とりあえず現地に行ってしまうのである。すごい行動力だ。電信柱には「阿漕町」の表示がある。悪徳な「あこぎ金融」とか「あこぎ病院」があったら楽しいのだが、どうもそういう名前の金融会社や病院は見つからない。イメージ的にまずいのかも。その逆に、博愛の精神に満ちた「阿漕教会」や、格安料金の上、料理がおいしい「民宿あこぎ荘」しかない。どうも、意味が逆ではないか。やがて、わぐりさんは、地元で「あこぎ寺」といわれている上宮寺《じようぐうじ》の住職から意外な話を聞かされるのである。それはこんな話だった。

――阿漕の貧しい漁師、平治の母が病に倒れた。日に日に衰弱していく母親を見かねた平治は、病に効くという矢柄《やがら》という魚をとるため禁漁区で日々網をうつが、ある晩、役人に見つかり、ついには簀巻にされ沖に沈められた……というのは国語辞典に載っている。問題はその先……「平治が海に沈められて以来、阿漕ヶ浦から人の泣き声や、網を打つ音がするようになった」。そんなある日、ある寺の和尚《おしょう》の枕元に、平治の亡霊が現れる。そして、亡霊はこういうのである。自分は病弱の母親のために禁を破って密漁をしたが、罰を受け、母親を残して死んでしまった。そのせいで、母親は悲しみにくれている。知り合いに預けている仏像があるので、和尚さまのお寺に納めていただけないでしょうか。そうやって成仏できれば、母親を安心させることができるのです。そういうわけで、和尚がその知人のところにいってみると、なんと仏像が！　和尚が供養すると、村人たちを苦しめていた泣き声はぴたりとやんだのである。なんて、親孝行なやつなんだ、平治って！

そう。だから、地元では「あこぎ」は、親孝行のシンボルのようなことばなのである。

こんな、「語源」にまつわる話を、一つ一つ追いかけ、ついには海外にまで飛び出してしまったわぐりさん。ついこの間、わたしは、わぐりさんのお供をして、「ハヤシライス」の語源を探る旅に同行させていただきました。なんと、「ハヤシライス」は「ハヤシさん」が作ったから「ハヤシライス」なんですよ！　この件に関する詳しい話は、また、いつか。

追伸。あと「わぐり」さんの「わぐり」の語源って何なんでしょう。「和」と「栗」？

変わった本

もちろん今回も本の話である。本の話なのだけれど、実は、その本の内容については（たぶん）ほとんど触れない予定である。

職業柄、わたしは、たくさん本を所有している。どのくらいあるかというと……ざっと、段ボール五百箱分。すごい量だ。量が多すぎて、必要な本を探そうと思っても、すぐに見つかったためしがない。というか、自分がどんな本を持っているか、よくわからない。このうちの三分の一は、もう十五年ぐらい段ボール箱に入ったままだ。じゃあ、要らないじゃないの！　奥さんは、そういうのだけれど、ほんとうにそうだ……。

その中には、変わった本もある。「読みたいの？」といわれると、そうでもないんだが、とりあえず、とても気になる。そういう本は、そのまま箱の中や本棚に置いておき、いつか読むだろう、と思っている。その「いつか」が、いつ来るのかはわからないが。

『ベスト珍書』（中公新書ラクレ）という本を書いたハマザキカクさんも、「変わった本」が好きな人だ。好きすぎて、毎年出版されるすべての新刊をチェックしている（！）というのだから、「変わった人」というべきなのかもしれない。そのハマザキさんがお勧めの「珍書」をいくつかあげてみたい。もちろん、わたしは、どれも読んでません！

『RAINBOW IN YOUR HAND』（カワムラ・マサシ、ユトレヒト／2007年）

「あなたの手の中の虹」……って、なに？　実は、これ、いわゆる「パラパラブックス」と同じなのである。紙を連続してめくると、絵が動く、という、アナログな動画ソフトだ。でも、ここで「動く」というか「浮かびあがる」のは、なんと「虹」！　すごい！　これは、欲しい！　そう思いませんか？　ちなみに、この「本」、一〇〇〇円で、しかも本屋ではなく、文房具店かどこかで売っているらしい。

『写真と童話で訪れる　高尿酸血症と奇岩・奇石』（槇野博史著、メディカルレビュー社／2013年）

タイトルだけでどんな本なのか想像できる人はいないのではないか。なにしろ「童話」

と「高尿酸血症」と「奇岩・奇石」だ。いったい、なんの関係があるのだろうか。ハマザキさんも同じことを考えたのだろう。本を手に入れて読んでみたらしい。すると、前半は「コロラド州の渓谷や奇岩」の写真、後半は「赤鬼と青鬼が登場する子ども向けの童話的な絵本」で、要するに、前半と後半がなんの関係もなく一冊になっている本なのだ！

世の中には、理解できないことをする人がいる……と思ったら、この本の著者、槇野さんは、他にも『写真と童話で訪れる 糖尿病性腎症とナイアガラ』『写真と童話で訪れる インスリンのふるさとデンマーク』『写真と童話で訪れる アルプスと高血圧』といった本を次々と出版していることが判明したのである。なんと、シリーズ本なのである。これで、売れるの……？　っていうか、病名はなぜ入ってるの？

『難洗衣料事故事例図鑑１０１』（住連木政司編著、品質情報研究所／２０１０年）

一瞬、「オッ！」と叫んで、目を伏せたくなるかもしれないが、これ「医療事故」ではなく「衣料事故」の図鑑なのである。「ポリウレタン弾性糸が蒸気熱によって収縮し、人の形を失ってしまったダウンジャケット」とか「硫黄分が含まれた硫化染料が溶け出し、生地がボロボロになってしまったハッピ」とか「ボンディング樹脂の溶解によってあらゆる断面が再接着してしまったコート」などの写真が掲載されている（らしい）。そもそも、これ、なんのために発売したのだろう。クリーニング屋さんでの事故の写真といっても、そんなものをクリーニング屋さんが見たがるだろうか。謎である。それから、この本の著者の名前も読めないのだ。いったいなんと読むのだろう。

……といったような本が山のように並んでいる。本の世界は広い。以下、本のタイトルだけいくつか挙げてみる。内容がぜんぜんわからないんですけど、マジで。

『信夫』
『間違ってカレーが来ても喜べる人は必ず幸せになる』
『誰っ?!テーブルにハナクソ置いたのはっ!!』
『おまえらの本だろ！』
『双雲流自分への小言　カルボナーラばかり注文するな』

校正畏るべし

みなさんも誤植というものがこの世に存在していることはご存じだろう。だれかが文章を書く。それを印刷して出版する。その際、必然的に間違いが発生する。誤字・脱字・文法のミス。間違いの種類に限りはない。それを訂正するのが、「校正者」だ。しかし、「校正者」の厳しい目をかいくぐり、「誤植」は存在しつづけるのである。

外山滋比古さんが、『誤植読本』(高橋輝次編著、ちくま文庫)に収められた文章「校正畏るべし」で書かれているように、「失敗は成功の基」が「失敗は成功の墓」になったり、「大使」が「大便」、「尼僧」が「屁僧」に、「王子」が「玉子」になるなんて誤植は可愛いもの。しかし、歴史をさかのぼってみると、笑えない誤植がたくさんある。もっとも有名なのは「訂正号外事件」。なんと、誤植を訂正するために、新聞が号外を出したのである!

明治三十二年五月、当時の読売新聞はロシア皇帝について社説でこんなことを書いた。「無能無智と称せられる露国皇帝」。えええっ？　もしかして、この社説のせいで、日露戦争が始まったんじゃないの？　そう思いたくなる。明らかにケンカを売ってる……のではなく、実はこれ、筆者は「全能全智」と書いたのだ。ところが「全」という字を活字を拾う職工さんが（当時は、一つ一つ活字を大きな箱から選んで組んでいったのである）間違えて「無」と読んでしまった（よほど、字が読みにくかったのだろう）。ところが、そのまま、すべてのチェックを通過して印刷、家庭にまで配達されてしまったのだ。「トランプ、アホ死ね！」とかと同じですよ。しかも、その頃の日本は、まだまだ東洋の小国で、一方のロシアは、大帝国。そりゃ、慌てます。それにしても、号外とはねえ……。そんなバカな間違い、考えられない、と思うかもしれませんが、実は、こういう絶対ありえない、というところでミスするのが、誤植の怖さなのである。

ちなみに、外山さんによると「誤植の歴史上もっとも有名なのは」、「姦淫《かんいん》聖書」(Adulterous Bible, 1631) というものらしい。これは「モーゼの十誡《じっかい》中、第七の『汝《なんじ》姦淫するなかれ』(Thou shalt not commit adultery) の『なかれ』(not) が落ちて、『姦淫すべし』となってしまったというのだ。この聖書もちろん全部焼きすてを命ぜられたが、これまでに六冊も発見されている」そうだ。いや、すごい。というか、中世の時代には、聖書に誤植があると、校正者は死刑だった、というから、校正も命がけだ。それにしても、この聖書、ヤフオクで売ったら、どれだけ高く売れるだろう……って、いや、もちろん、由緒正しくサザビーズで何十億、の世界ですよね。

次は、杉森久英さんの編集者時代のお話「校正恐るべし」である。杉森さんは、戦後文学の代表のひとり、梅崎春生氏に原稿を頼んでいた。ところがある日、訪ねてみると、機嫌が悪い。というか、怒っている。どうしたんだろうと思っていたら、梅崎氏が、ある雑誌の広告を見せた。それは、梅崎氏の新刊小説で、編集担当の杉森さんが文章を書いたのである。こんなふうに。

「この小説によって、人間の真実が究明されるか、否、かけだし作者の腕の見せ所……」

これはひどい。いままでいう「炎上商法」？　人間の真実は究明できていないし、しかも、かけだし作家だし。じゃあ、そんな本、売るなよ、といいたくなる。梅崎氏が怒るわけである。でも、これ、誤植だったのだ。「否か」と「けだし」の間の読点が抜けていたのだ。だから、ほんとうは、

「この小説によって、人間の真実が究明されるか否か、けだし作者の腕の見せ所……」

ただ読点の位置が違うだけ、読点を一つ入れるだけで、意味が逆になるのである。怖すぎる。もう一度、文章読み返してみよ。

というわけで、誤植は無数にある。どこに隠れているかもわからない。みなさんも、ぜひ、心して読んでいただきたい。でも、誤植がなければいいのか、というと、そういうわ

けでもない。佐藤春夫はこう書いている。これを読んで、感動のあまり、わたしは泣きました。

「やさしい文章ほど誤植が少いという当然の事に気づいてやさしい文章を志し、その初校の誤植の多寡《たか》を尺度にわが文章の好し悪し（難易）を判断するようになった。植字工も校正者もよく理解し楽しみながら仕事できる文章には自然誤植も少い。それでも依然として誤植は免れない。自分は腹を立て勝手にしやがれと再び何のしんしゃくもなく自分のわがままな文章に帰り、もう誤植も気にしない。やさしく書き正しく組まれても、読者が正当に理解してくれなければ全文が誤植同然だ。ひとりひとりの読者の頭まではどうにもならない。むしろ誤植を正し判読するほどの読者こそ頼もしい読者なのだと気づいた。一種のあきらめであろう」

（「誤植というもの」）

こんな単位、あんな単位

よくいわれることだが、年をとってくると時間がたつのが速く感じられるようになる。もちろん、気のせいなんだけど、ほんとに、最近、時間がたつのが超速いです。でも、中学一年の長男の一分も、六十代のわたしの一分も同じだというのだ。実に不思議。じゃあ、その一分の「分」の中身は、というと、なかなか説明できないのである。なので、わたしに代わって、『はかりきれない世界の単位』(米澤敬著・創元社)に説明してもらうことにします。

単位といえば、その代表が「メートル」。もともと、18世紀末のフランスで、「地球の子午線の4000万分の1」を1メートルにすることから始まったことはご存じの方も多いだろう。しかし、「地球の子午線」なんて、そもそも正確に測れないじゃないか！　というわけで、「メートル」の定義は何度か変わってゆく。「白金・イリジウム合金製原器の氷融点温度時の長さ」から「クリプトン86の光の波長の1650763・73倍」へ、そしてさらに現在では「1秒の299792458分の1の時間に光が真空中を進む距離」へと進化したそうである。どの定義にしていただいても、ふつうの人間が判別することは不可能だろうが。というか、これだと、「秒」の定義まで考えなきゃいけないんじゃないのかな。でも、こんなに真剣に定義をするとたいへんなので、実際には、もうちょっとざっくりした感じで「単位」が決められているようなのである。たとえば、

(1) ハナゲ

……えっ？　これ、単位なの？　ほんとに？　なんと、「長さ1㎝の鼻毛を鉛直方向に1ニュートンの力で引っ張り、抜いたときに感じる痛み」が「1ハナゲ」だそうである。いや、ちょっと待って。あまりに主観的じゃないんですか、これ。よく調べてみると、インターネットで拡散した単位で、学会では認定されていないそうだ。やっぱり。

(2) オルファクティー

……でもって、これは「オランダの生理学者ツワーデマーカーの考案による嗅覚計で測定した、正常人の嗅覚度の単位」って、「ハナゲ」と同様、主観的すぎるのでは？　わから

ない。ちなみに現在では「ツワーデマーカーの嗅覚計そのものが使われなくなり、別の測定法が主流になったため、オルファクティーは、まぼろしの単位になりつつあります」って、まだ、完全にまぼろしになったわけじゃないのか！

（3）顔面指数

……なんだ、すごくイヤな予感がする単位なんですが、大丈夫？　説明によれば、「化粧品メーカーではなく、あくまでも本来は人類学で使われていた単位。顔の長さと幅の比をあらわすものです。ちなみに『美容』の分野では、横幅を1とした場合、縦の長さ（髪の生え際からあご先まで）の理想は1・46」なんですが、何かはっきりした理由があるんでしょうか。この前、世界でもっともハンサムな顔はジョージ・クルーニーだとニュースでいっていたが、あれも、やはり何かの比率がトップなんだとか。まあ、わたしにはなんの関係もありませんけど。

（4）盲亀浮木《もうきふぼく》

……これはひとことでいうと「ありえないことが起こる確率」である。「仏教経典で説かれる確率単位」で「目の見えない老海亀が100年に1度、海上に浮き上がったとき、偶然穴の空いた浮き木の穴に首を突っ込む確率」なんだそうです。っていうか、ありえ得んでしょ、ふつう！　そう思ったら、この確率を計算した数学者がいて（どうやって計算するの?）、その確率は約115京《けい》（兆の1万倍）分の1だそうです。これ、多いのか、少ないのか、わからないんですけど！　でも、競馬のＷＩＮ５（指定された5つのレースの勝ち馬を全部当てる馬券、最高で6億円の配当）を当てるのなんか楽勝みたいな気がしてきますね、競馬ファンとしては。

（5）髭秒《しびょう》

……実は、これ「秒」がついているのに時間の単位ではなく、長さの単位。「1秒間に髭が伸びる長さ」で、試算によれば5～10ナノメートルだそうです。1ナノメートルが10億分の1メートルだから……要するに、ほんの少し。じゃあ、「爪秒」や「背秒」はないんでしょうか。でも、朝、髭を剃ったサラリーマンの顎が、夕方にはうっすら青く、髭が伸びてくるのがわかる、といわれるのだけど、いったい、どの程度伸びているのか。5ナノメートル×60×60×10＝みなさん、計算してください！

（6）クローシャ

……「古代インドで、牛の鳴き声が聞こえる距離」で、5㎞とも1・8㎞ともいわれているそうです。ご存じのように、牛を神聖な生きものと考えるインドでは、なにかと牛が基準になっているそうで「牛が柔らかい土を踏んだときにできるくぼみの体積」という単位があるそうです。ということは、「携帯を新しい機種に替えるまでの時間」とか「他人の子どものキラキラ名を読むことのできる確率」なんて、新しい単位ができるかもしれませんね。

正式な？　名前

ところで、ゴリラは、正式にいうとなんという名前かおわかりだろうか。ゴリラはゴリラでしょ、といいたいところだが、そう簡単にはすまないから、この原稿を書いているのである。

「ゴリラ」というのは通称であって、正式な名前、つまり「本名」ではない。保育園に行くと、お母さんたちは、みんな「ケンちゃんのママ」とか「チャコちゃんのママ」であって、その本名がなかなかわからない。それと同じである。ちなみに、わたしも「れんちゃんのパパ」もしくは「しんちゃんのパパ」だったのだ。

というわけで、ゴリラさんを「ゴリラ」と呼ぶのは、「れんちゃんのパパ」と呼ぶようなものなので、ここはビシッと、本名でキメてみたい。ゴリラの正式な名前は、なんと、「ゴリラ・ゴリラ」である。

びっくりしたでしょう？　わたしもびっくりしましたよ。その理由だが、動物の本名は当然、学名であり、学名は、まず「属名」（どんな分類の動物か）を、続いて種名（動物の特徴）を表記する。でもって、ゴリラは、属名も種名も「ゴリラ」なので、「ゴリラ・ゴリラ」となる。だが、それで驚いてはいけない。「ゴリラ・ゴリラ」はゴリラ全体を指しているので、それに亜種名が加わると、もう一つ、名前が追加される。たとえば、マウンテンゴリラは「ゴリラ・ゴリラ・ベリンゲイ」。そして、ニシローランドゴリラは「ゴリラ・ゴリラ・ゴリラ」……。真のゴリラ、ということなのだろうか。残念ながら「ゴリラ・ゴリラ・ゴリラ・ゴリラ」はいません。

んじゃ、ゲジゲジの正式な名前は、なんでしょう……ってわかりませんよね。正解は、「ゲジ」です。

ちなみに、「ゲジ」は、分類でいうとゲジ目ゲジ科ゲジなんだそうです。それでもって、本名は「ゲジ」。じゃあ、どうして、「ゲジゲジ」になったのか。ぼくが参考にしている『正式名称大百科』（TOブックス）にも書いてないのでわかりません。

次は、フランスパンの本名である。フレンチパン？　いいえ。パン・パン・パン？　なわけありません。フランスパンくんの正式な名前は、

「パン・トラディショネル」です。

まあ、そんなに驚かないですよね。わたしたちが、いわゆる「フランスパン」というと思い浮かべる、細長くて堅いやつ、あれは「バゲット」です。その他、「パリジャン」とか「バタール」とか「フィセル」とか、要するに、マウンテンゴリラ、ニシローランドゴリラのように、「パン・トラディショネル」の中に、いろんな種類が存在しているのである。だが、いちばん注意すべきところは、そこではない。

「フランスに行ったとき、『フランスパン』と口に出しても通じない！」のですよ。

はい、その次は「ＤＨＣ」だ。みなさんもよくＣＭで見かけるはずである。あの、コスメやサプリで有名な会社ですよ。わたしも、ドラッグストアに行くと必ず、小さな袋に入った、ＤＨＣの「亜鉛」とか「マルチビタミン」とか「コラーゲン」を買いたくなる。でも、その意味までは考えたことがなかった。なんだと思います？　「Ｈ」は、「ヘルス」で、

「C」は「カンパニー」だろう。でも「D」がわからない。「デトックス」？　でも、昔は使ってないよなあ、そんなことば。というわけで、正解は……なんと「D（大学）H（翻訳）C（センター）」！　コスメやサプリと関係ないじゃん。さよう、実は、この会社、昔は、大学の研究室を相手に、地味に、洋書の翻訳委託なんかの仕事をしていたようだ。だったら、名前を変えてはどうかと思うんだが。

最後は、今回、わたしがもっとも驚いた正式名称である。いや、驚いたのは名前の方じゃないのだが。みなさんの家のどこにでもあるコンセント。あれがないと電気器具が動かない、差し込み口だ。その正式な名前、ご存じだろうか。「配線用差込接続器」です。味も素っ気もない。それなら、コンセントの方がまだ可愛くてマシだ。この「コンセント」は、いわゆる和製英語で、もともとの意味は「調和」である。どうして、あそこが「調和」なのか、わからんが。しかし、そんなことはどうでもいい。みなさんは、以下の事実をご存じだろうか？

「差し込み口の穴は、よく見ると大きさが違い、通常左側の方が大きい。小さい方は電気が来る側であり、『ホット』と呼ばれていて、大きい穴の方が電気が帰る側であり、『コールド』と呼ばれている」

わたしは心底驚き、家じゅうのコンセント、じゃない、「配線用差込接続器」を見た。その通りだった……。いろいろな方面で訊いてみたが、知ってる人もけっこういたので、またショック。すごいな、みんな。とにかく、今日からは、コンセントじゃなく、右の穴を「ホット」、左の穴を「コールド」と呼んでください。

雨、風、雲のことば

『雨のことば辞典』（倉嶋厚、原田稔編著、講談社学術文庫）を読むと、面白い統計が載っている。「一九八四年ごろは日本における傘の一年間の需要は約六〇〇〇万本に対しアメリカは約二〇〇〇万本、ヨーロッパ全体でも約二〇〇〇万本であった」

確かに、ヨーロッパやアメリカにいると、傘にはほとんどお目にかからない。日本はとてつもない「傘大国」なのである。日本が降雨量が多い地帯であることは事実なのだが、降雨量だけなら、もっと多いところもある。でも、そういうところで多くの人が傘を使っているか、というと、そうでもないらしい。日本は変化に富んだ気象の中で、雨とつきあってきたのだ。場面に応じて、傘を使ったり使わなかったりするほど繊細に、である。そのせいだろうか、日本（あとは中国）語には、雨に関することばがとても多い。

「雨音」……もちろん、雨の音である。一般的には、「ザーザー」とか「シトシト」なのだが、なんと、「タイで雨といえば、スコールを意味する。日本語の『ザーザー』に当たる『サーサー』はあるが、シトシトと一日中降る雨の擬音語はない」（佐々木瑞枝「日本語を歩く」『朝日新聞』）のである。なるほど。「雨の国」日本にだけあることば、というわけだ。欧米はどうなんだろう。今度、調べてみようか。

「育花雨」……読み方は「いくかう」。『辞典』の説明には、こうある。

「春の雨の異称のひとつ。花時に先がけて降る雨をいい、春らしい響きが感じられる。育てられる花は桜だろうか。それとも菜の花や野の花々であろうか。中国なら桃の花を指すのであろうか。美しく咲くんだよ、と慈《いつく》しみながら降る細かい春の雨」

いや、説明も美しい。雨が降っている。それを見て「雨だなあ」では、この国に生まれた甲斐がない。「これは育花雨か……もう春も近いな」と思うようでなくては、ね。

「雨過」……読み方は「うか」である。意味は「雨が降り過ぎていくこと。通り雨であろう」と書かれている。しかし、ここから先に、もっと豊かな意味が詰まっている。やはり、『辞典』の説明によれば、陳舜臣さんに『雨過天青』という作品がある。そこで、中国のある王様が窯を開いて、青磁を作らせた。そのとき、家臣が「どんな色の磁器を焼造しましょうか？」と訊ねると、王様は「雨過天青雲破処」と答えた、というのである。そのことばの意味は、「雨があがったばかりの空の青さ。それも、雲が破れるようにして晴れはじめた、そのあたりの青」。なんて、難しい注文をするんだ、王様……。確かに、雨上がりの空、雲の間から見える、その青ぐらい美しい青はないのかもしれない。それもこれも、自然が豊かである国でしかわからない現象だろう。ちなみに、この磁器は「雨過天青磁」といわれ、いまだに一つも発見されていない幻の陶器だそうだ。

「雨香」……読み方は「うこう」。読んで字の如く、雨が香ること。えっ？　雨に匂いがあるの？　はい、あるんです。「花の香りを含んで降る雨」。それは、冬が去り、日一日と暖かくなっている頃、春の訪れを告げるように降る雨についたことば。雨の匂いではなく、そこらで少しずつ咲き始めた花の匂いだったのかもしれず、あるいは、そんな匂いがするような気がしただけなのかもしれない。それでも、とにかく、我々のご先祖さまは、そんなことばを作った。そのように感じたのだ。なんと豊かな感受性だろう。

「甘雨」……読み方は「かんう」。これも「雨香」と同じように「しとしとと降り、草木を育む春の雨」。「甘」には、満足する、心地よい、という意味がある。さらにいうと、「古来春雨にはなんともいえない甘さがあるといわれている」。なんと！　春の雨は、匂いがするだけではなく、味もあるんだって！　すごいね。

「天泣」……読み方は「てんきゅう」。天が泣く？　大雨のこと？　いえいえ、あえて、このことばの説明はしません。みなさん、お暇な折に調べてみてください。たまには、降る雨に濡れて歩いてみるのも、いいかもしれませんね。

無数にある雨に関することば。それだけではない。古代の人たちは、さらに、風にも雲にも、たくさんの、優雅な名前をつけた。それらを読むたびに、その豊かさに、わたしはためいきをつくのである。

（誰も知らない）ことわざ大全集

正直にいうなら、今回のタイトルは「（わたしの知らない）ことわざ大全集」でなければならない。でも、とりあえず、（誰も知らない）にしておいてください。もしかしたら、（わたしだけが知らない）かもしれず、その場合は、ものすごく恥ずかしいんですけど……。

多田道太郎さんの『ことわざの風景』（講談社）を読んだ。多田さんは、優れた文化人類学者であり、わたしは、その著作をいろいろ読んできたのである。この本も、きっと、よく知っていることわざをとりあげ、その真の意味や、その由来について書いているに違いない、と思った。そして頁をめくってみた。ことわざは、「いろは」順に書かれている。最初は、当然、「い」で、こんなものが出てきた。

「いぬの川端歩き」

えっ？　聞いたことがないんですけど、このことわざ。いぬ、まあ、犬ですね、そいつが川の縁を歩いているのだろう。意味……なんとなく歩く、ということ？

解説を読む。「目的もないぶらぶら歩き。いくらうろついても何の得もない？」と書いてある。散々ないわれようだ。確かに、犬は、ただ歩いている場合が多い（と思うが、犬に訊いてみたことがないので、正確にはわかりません）。勤務先に行くわけでもなく、デートをしに出かけるわけでも、ロックフェスに行くわけでもない。現代社会では餌となる動物を求めて、というわけでもないだろう。なので、目的もなくぶらついていることを、「いぬの川端歩き」というらしい。いや、びっくりしたのは、この意味ではなく、このことわざを聞いたことがなかったことだ。そんなアホウな人間は、わたしだけなんだろうか。

心配になって、次の頁をめくってみた。

「ろうかとんび」

……。思わず絶句した。たぶん、これ「廊下」と、鳥の「とんび」をくっつけたものだと思うのだが、「いぬの川端歩き」と違って、この意味が、まったく想像できない。廊下にとんびが飛んでいる……すごくシュールな光景だ。とんびが飛べるぐらいだから、相当広い廊下ではないか。たとえば、学校の廊下とか。それから、そのとんび、窓から入ってきたのだろうか。それとも、誰かが、校内に持ち込んだのだろうか。とすると、このことわざの意味は、「変なものを持ち込んではいけません」なのかな?

正解を読んでみよう。

「妓楼の遊客が用もないのに廊下をうろつきまわる、といったような」

もしかしたら、漢字の読み方からレクチャーしなければならないかもしれない。これ、「ギロウのユウカク」と読むのである(一応、読めました。ホッ……)。いや、読み方がわかったからといって、これを現代の学生たちに読ませて、一読して理解できる者がどれぐらいいるだろう。「妓楼、というのは、昔、娼婦を集めて経営していた施設で、遊客というのは、そこに通って来るお客さんのことなんだよね」といわねばならないだろう。その施設で、通常行われる行為ではなく、なんか理由もなく、ふらふらしている、ということなのだから、「持ち場を離れてふらふらしている」ことだろう。だとするなら、授業中、教室を出て、廊下をふらついている学生も「ろうかとんび」だろうし、監督と喧嘩して、試合中にロッカールームで記者を前に、監督の悪口をいう選手も「ろうかとんび」なのかもしれない。このことわざ、もしかしたら使えるか。ああ、でも、使ったとしても、たぶん誰にもわからないのだろうが。

『ことわざの風景』には、「にそくのわらじ」とか「ぬすっとにも三分の理」とか「つるの一声」とか、誰にでもわかることわざも収められている……と書いて、心配になってきた。「わらじ」とか「ぬすっと」とか「三分の理」といっても、わからない人がけっこういる気がする。まあ、そんなことを心配していたら、なにも書けません。とにかく、みんなが知っている（であろう）ことわざも収められている。けれど、いままでとりあげたように、知らない（であろう）ことわざも多い。この本の発刊は一九八〇年だから、少なくとも、四十年ほど前の多田さんにとって、これらのことわざは、「誰でも知っている」はずのものだったのだ。すいません、多田さん。わたし、半分もわかりません……。

「かえるの行列」

どうです、これ。わかりますか？　かえるの行列……かえるの行列……なんだか不気味、ということぐらいしか思い浮かばない。正解は「向こう見ずの人々の集まりをいう」だそうです。理由は……みなさん、考えてください。

翻訳できない　世界のことば

絶対に、こういう本はどこかにあるような気がするんだけれど、調べてみると見つからない。そんな本。それが『翻訳できない 世界のことば』（エラ・フランシス・サンダース著、前田まゆみ訳、創元社）だ。著者は、世界中のことばを探し、微妙な意味を持つものを見つけた。実のところ、意味は、それほど不可解じゃない。変わっているのは、そんな意味の単語が存在していることなんだ。よし、それでは、「翻訳できないことば」の世界へ出発！

HIRAETH ヒラエス　ウェールズ語　名詞

帰ることができない場所への郷愁と哀切の気持ち。過去に失った場所や、永遠に存在しない場所に対しても。

ほらね。こういう感情は、ほんとうに特別のとき、特別な瞬間に生まれる。ただし、日本語にはぴたりとしたことばはない。ただ「そのとき、ぼくは、もう故郷がないのだと知った。そして、胸が熱くなるような、寂しいような思いを感じた」と書く。けれども、ウエールズの人たちは、ひとこと「hiraeth」と書けばいいのである。

COTISUELTO コティスエルト　カリブ・スペイン語　名詞

シャツの裾を、絶対ズボンの中に入れようとしない男の人。

いや、まいった。マジで。そんなことばあるのか。どっちかというと「シャツの裾を、ズボンの中に入れてるダサい男」ということばがあっていいんじゃないの？　この、「絶対ズボンの中に入れない」って、オシャレってことなの？　しかも、シャツ専門？　このCOTISUELTOさん、そういうこだわりがあるってことなの？　わからない。ほんとに、カリブの人たちの気持ちは。

CAFUNÉ カフネ　ブラジル・ポルトガル語　名詞
愛する人の髪にそっと指をとおすしぐさ。

すごいぞ、ブラジル・ポルトガル語。いいメンバーがいるじゃないか。確かに、好きな相手の髪にそっと指をとおすことはあるだろう。でも、それ、わざわざ単語にするくらい、しょっちゅう、やるんだろうか。いや、やるんだろう、ブラジル人は。それぐらい情熱的なのか。っていうか、そういうこと、一つ一つを、みんな単語にしてるんだろうか。こりゃ、一度、ポルトガル語辞典、読んでみなきゃ。

FORELSKET フォレルスケット　ノルウェー語　形容詞
語れないほど幸福な恋におちている。

いい……すごく、いいじゃないか、ノルウェー語。たぶん、ノルウェーの人たちは、語れないほど幸福な恋におちることが多いのだろう。それは、もしかしたら、ノルウェーは北極に近くて、白夜もあって、ずっと夜が明けないから、恋人と何日もぶっ続けで話したりするのかもしれない。世界でもっとも熱く、深い恋！　そりゃあ「語れないほど幸福な恋」におちる人も多いに決まってる！

YA'ABURNEE ヤーアブルニー　アラビア語（もちろん、正式のアラビア語の表記ではありません）名詞

直訳すると「あなたが私を葬る」。その人なしでは生きられないから、その人の前で死んでしまいたい、という美しく暗い望み。

深い、深すぎる。もう、この単語があるというだけで、アラビア語に恋してしまいそうだ。なんというか、とてつもなく深い情熱をもった女性という感じがする。こういう人に恋すると（あるいは、逆に、恋されると）、破滅までまっしぐら。でも、もう、アラビア語となら死んでもいい、と思ってしまいそうだ。

いや、ただの単語だというのに、まるで、短編小説を読むような感じがします。ところで、この本には、なんと、日本語も登場している！

BOKETTO ボケっと　日本語　形容詞

なにも特別なことを考えず、ぼんやりと遠くを見ているときの気持ち。

そして、著者は、この「BOKETTO」について、こう書いている。

「日本人が、なにも考えないでいることに名前をつけるほど、それを大切にしているのはすてきだと思います。いつもドタバタ忙しいくらしのなかで、あてもなく心さまよわせるひとときは、最高の気分転換です」

なんか、日本語がほめられて、嬉しいっす。

第四章　接吻されて汚れた私

人生相談してみる？

新聞にはたいてい「人生相談」が掲載されている。わたしの調べた限りでは、大正時代にはもう、新聞の「人生相談」が開設されていた。もしかしたら、もっと前からあったのかもしれない。そして、びっくりするのは、現在と同じような内容の相談が寄せられているのである。人間の悩みは変わらない、ということなのか。

実は、わたしは「人生相談」を読むのが大好きなのである。これは、自分にもその悩みがあるから共感して読んでしまう……からではなく、回答者の妙技に感心してしまうからである。「人生相談」への回答は、その回答者の「人となり」を含め、ことばの能力がすべて出てしまう。なんというか、「人生相談」は、言語芸術における一つの分野ではないか、と昔から思っていたのだ。

かつては、宇野千代さんが、相談をいちいち、繰り返し確認するという荒技「宇野千代返し」で一世を風靡《ふうび》し、橋本治は、三行の質問に十五頁も回答するという「千倍返し」で名を馳せた。故・車谷長吉は「教え子の女子高生を好きだが、どうすればいい」という質問に「結ばれて、人生を棒にふれ、そこからが人生の妙味」と返答したが、彼の「破滅返し」も懐かしい。上野千鶴子の「童貞で悩んでいる」という相談への「熟女に頼んでやらせてもらえ」という回答は物議をかもしたが、これはなに「返し」というべきなんだろう。

さて、最近の「人生相談」でのお勧めは、まずは、あの蛭子能収だろう。近頃では、軽度の認知症と診断されているようで心配だが、でも、人生相談での回答は、ますます冴えている……いや、間違い、味わいがある。

「相談　私は絵を描くのが大好きなんですが、なかなかうまくなりません。蛭子さんは漫画家なんですよね。どうやったら絵が上手になりますか？　あと、図工でいい点数をとる方法を教えてください」（ふなっしー大好きさん・8歳・千葉・小学生）

「回答　それ、オレに聞きますかね。絵がうまくなる方法があるなら、オレだって知りたいですよ。でも図画でいい点数をとる方法はあるんですよ。オレは小学校低学年のときから図画の点数がよかったんですけど、それは先生がどういうのが好みか、察知していたからなんです。ある先生は、仕事場の風景を描けばいい点数をくれたので、造船所の絵ばかり描いて褒めてもらっていました。次の先生は変わった絵を好む人で、太陽を2つ描いたような奇をてらった絵を持って行くと、『おっ、おもしろいな』と。高校のときも県のコンクールに入選したいなと思って、過去の入選作品を見たら、どうやら細かく描くといいとわかって、一生懸命、細密に描いたら2位になったんです。とにかく絵は見る人の好みなので、小学生のうちから、人の顔色をうかがって絵を描いたほうが絶対にいいですよ」

（『蛭子能収のゆるゆる人生相談』光文社）

なんだか、橋下徹元大阪市長を思い出させる回答だ（読んでない人にはわからないかもしれないが、橋下さんは、中学生向きの人生論で「周りの人間は利用できるだけ利用しろ」「イジメられそうになったら、イジメる側になれ」と実に的確な論理を展開しているのである）。八歳の小学生に「人の顔色をうかがえ」と、堂々主張できるのは、蛭子さんぐらいではないだろうか。

さて、作家の中原昌也さんの人生相談もなかなかビューティフルな回答をしてくれる。

「結婚願望がないのですが、そのことを公言すると、不倫目的、体目的の男性しか寄ってこなくなりました。尼のように生きることもできないので、結局、消去法的に体目的の男性で手を打ってしまう傾向があります。でも、やはりそこに愛はないので、満たされない日々が続いております。この日本という国で、結婚願望のない女性がステキに恋することは可能でしょうか?」（広告業・30歳・女）

「世の中では恋愛の果てに結婚があるということになってるんですよね。僕もそこはよくわからないところですけど。要するにこの人は恋にしか興味ないんだから、不倫はいいじゃないですか。結婚しなくて済むんだし、男も面倒臭いことは言わないだろうにね。不倫はあんまりステキじゃないって考えてるみたいだけど、まだ三十歳だからそんなことが言えるんですよ。四十過ぎたらただの図々しい女ですよ! 結婚はしたくないけどステキな恋はしたい、でも体目的はイヤだなんて言うなら、文通でもしてればいいじゃないですか！」

（『中原昌也の人生相談　悩んでるうちが花なのよ党宣言』リトルモア）

「文通」……いや、ステキだと思うけど。ところで、蛭子さんも、中原さんも、本質をついた回答ではないだろうか。人生に正解はないのだし。ちなみに、ぼくも、毎日新聞で人生相談を始めてしまいました（テヘ……）。お暇があれば、読んでみてください。

日常の中にひそむ、素晴らしいなにか

佐藤雅彦さんは、「広辞苑」で、ある語を引こうとしていた。そして、「へ」で始まるあたりを一頁ずつめくっていたのである。すると、突然、頁の間から「手も切れるような一万円札が現れた」のだ。

こういうとき、誰だってびっくりする。いったい、誰が……。いや、待てよ。

「もしや……、と思い当たる節があり、その頁を端から端まで見渡すと、果たして、

【へそくり】

という語が下の方の段に発見された。へそくりの頁に、へそくり（！）」

やがて、名探偵・佐藤雅彦は真犯人を発見する。もちろん、その一万円札を〈へそく

り」の頁に隠したのは自分自身だったのだ。

「それは、ふた昔と言えるほど前に、未来の自分をびっくりさせようと、自らに仕組んだいたずらであった。自分でやったことなのに、すっかり忘れていた」のである。

調べてみると、およそ二十年前、佐藤さんは、このいたずらを仕組んでいた。それから二十年間、佐藤さん以外の人も、この『広辞苑』を引いたであろう（事務所に置いてあったのだから）。もちろん、佐藤さんも。でもこの日まで、一万円札は隠れ続けていたのである。さて、ここで終われば、「ちょっと面白いエピソード」にすぎない。実は、佐藤さんは、「未来に投げかけるプロジェクト」というものをずっと考えてきた。いつかわからない将来に実現するプロジェクトだ。たとえば、「幸せないたずら（仮称）」では、こんな提案がされる予定だった。


「『お父さんの背広が入っているタンスをそっと開けて、どれかの背広の胸ポケットにメモカードを入れておこう。そのカードには、お父さんへのメッセージやお願いを書いておこう。お父さんがそれを見るのはいつのことかわからないけど、いつか見てくれることを期待して、そのワクワクをそっと自分の胸にしまっておこう。』」

あの一万円札のように、そっとお父さんの胸ポケットに忍びこんでいたカードは、ある朝、満員電車の中でお父さんによって発見される。そこには、たどたどしい字でこんなことが書いてある。


「おとうさん、こんど、やきにくにいこうよ、さいきん、いってないよ。」


その瞬間、お父さんの胸の中できっと何かが「爆発」するだろう。疲れがとれ、電車の中が明るく輝くだろう。それは「幸せの時限爆弾」が爆発したからなのだ……。

素敵ですねえ。佐藤さんがやろうとしたのは、ふだん、目に見えない、触ることも、変えることもできない「時間」という装置を使って、幸せを未来に放りこむことだったのだ。

こんなエピソードが『考えの整頓《とん》』（佐藤雅彦著、暮しの手帖社）にはたくさん載っている。

佐藤さんといえば、わたしは、NHK教育テレビで放送している「ピタゴラスイッチ」（ご覧になったことのない人に説明するのは難しいが、複雑で優雅で誰も思いつけないような「ドミノ倒し」（でしょうか）を思い出すが、あの番組は、こんなすごい発想をする人が作っていたのか。納得である。

「この深さの付き合い」とタイトルがつけられたエピソードは、こうだ。

佐藤さんには長く使っている万年筆があった。使い始めたのは、お父さんが亡くなったときから。どうしてかというと、その万年筆は、佐藤さんがお父さんのために免税品店で買った高価なモンブランのもので、お父さんが亡くなったとき、未使用のまま発見されたからだ。お父さんは、大切にしすぎて使えなかったのである。

それから十数年、佐藤さんはその万年筆を使いつづけた。やがて、その使い心地は「筆舌に尽くし難い」ものになった。

「ペンの先が柔らかく滑る様があまりに心地よく伝わってきて、心地よさを通り越して、ある幸福感までも得られたのである」

だが、そんな幸せな日々は突然終わる。ある日、佐藤さんは万年筆をテーブルの上から落とした。見た目には壊れていない。しかし、あの「筆舌に尽くし難い」使い心地は失われていた。もちろん、佐藤さんは、直営店に赴き、専属の修理工場にも出してみた。大丈夫です、ともいわれた。けれども、ついにあの使い心地は戻ってこなかったのである。

プロの職人でさえ見抜けぬほどのわずかな傷も、「私の手」には感じることができた。それほど「深く」、その万年筆と佐藤さんは付き合ってきたのである。

さて、わたしたちに、それほど「深い付き合い」をしているなにかはあるだろうか。

大正時代の身の上相談

「大正時代の身の上相談」（カタログハウス編、ちくま文庫）という本を手に入れた。なんと、大正三年（一九一四年）五月から読売新聞紙上で始まった「身の上相談」を集めたもので、これこそ、我が国における「身の上相談」のルーツなのである。百年前の人たちは、何に悩み、そして、どんな回答を得ていたのか。ワクワクしますね。

「接吻されて汚れた私（婚約前ニ男ニ接吻サレ罪ニオノノク乙女）

私は許嫁《いいなずけ》のある者ですが、以前あるほかの男子に接吻されたことがあります。世事に疎い私は、ただ熱烈な愛の表現と、別に深くも考えませんでした。実は、その方からも結婚を申し込まれましたが父母は許さず、その方は『あなたの身を汚したのだから、どうしても結婚してください』と申しておりました。はたして接吻は、古来、日本でいう意味で身を汚すも同様でしょうか。もしそうなら、こんな汚れた身をもって純潔な許嫁の夫と結婚する資格はないと思います。それゆえ、一生独身で送ろうと思いますが、いかがでしょうか。それとも、もしさほど深い意味のないものとしたら、許嫁に話し罪を詫びたらいいでしょうか」

わたしは、この質問を読みながら、どう回答したらいいのか考えたのだが、思いつかない。どうしてかっていうと、こんな質問絶対来ませんから！　現代ではありえない！　キス（接吻）だけで、「身が汚れる」とか、誰も考えませんよ！　でも、そんな時代が、つい、一、二世代前まで続いていたのだ。では、その時代の回答者は、どう答えたのか。もしかして、この時代の人だから、おかしなことをいってるんじゃないか。

「お答え……あなたが、心から許して接吻されたのでない以上、けっして身を汚したとは言えません。その男があなたの身を汚したと言ったのは、あなたをもらいたい言いがかりに過ぎず、許嫁の方に話して詫びるだけの価値もないと思います。しかし、どうしても気がとがめるというのなら、笑い話として打ち明けてもいいでしょう。ただ、そういうことで煩悶するあなたをありがたく思います。どうぞ、その清い乙女心を一生失わないように願います」

完璧な回答じゃん！　しかも、当時の「身の上相談」は、いまと違って、有名人や専門家ではなく、読売新聞の記者が回答してたっていうから、記者のレベルの高さにびっくり。では、今度は、ちょっと質問だけを並べてみましょう。回答の方は、みなさんで考えてください。

「みだらなことばかり言う夫（夫ノ心ヲ向上サセタイ妻）

お恥ずかしい話ですが、私の夫はまことに慎みがなく、家庭でみだらなことばかり申します。私が妊娠中でも少しも顧みません。少しは私も言葉強く言いたいのですが、心が弱く、いつも悲しく思います。私と夫とは趣味が違いますから、何の楽しみもありません。私は夫にもっと男らしさを要求しているのです。どうしたら夫の心を向上させることができましょうか」

いまや、「セックスレス」の悩みの相談は来るが、こういう逆方向の悩みの相談はあまり見かけない。これも時代が変わったということなのだろうか。それにしても、「家庭内でみだらなことばかりいう夫」、ってどんなことをいってたんでしょう、そして、この相談者の考える「男らしさ」って何でしょう、とか、いろいろ考えさせられますね。

「夫が赴任中の女と恋に陥り（モウスグ夫ガ帰国スルノデ悩ム青年）

私は二十四歳の青年ですが、まだ思想の固まらないうちから外国の小説を読み耽ったためか『愛』こそ生活の第一義と信じ、旧道徳に反抗してこの数年を送りました。ところが運命のいたずらか、私は夫が赴任中のある女と熱烈な恋に陥りました。しかし、快楽は無窮ではありません。私は不徳を悟ると同時に、翻然と関係を改めようとしました。しかし互いに幾度か悔悟し、幾度か溺れて、とうとう夫の帰国の日が切迫しています。消極的方法ながら今は遠国に身を隠すより道がないと思いますが、ヒステリカルな彼女が絶望のあまり無謀な挙に出ないでしょうか。そんなことになったら、先方の家庭を転覆させることになります」

文学のせいで、「『愛』こそ生活の第一義と信じ」るような「青年」も絶滅したと思います。たぶん。

オヤジの時代が始まる……のかもしれない

NHKラジオ『すっぴん!』のコーナー「源ちゃんのゲンダイ国語」のことは以前にも触れたが、先日、二年有余にわたる番組史上(というか、コーナー史上)、最大の反響を得た本があった。なんと、その本をとりあげた日、アマゾンでの売り上げが急上昇。なんと最高位5位(!)にまで上り詰めたのだ。その本の名は、『オヤジ国憲法でいこう!』(しりあがり寿+祖父江慎著、「よりみちパン!セ」、イースト・プレス)である。

いったいなにがそんなに人びとを感動の渦に巻き込んだのか。その本、タイトルにもある通り、オヤジの主張が(憲法の形式で)書かれているだけなのだ。

ちなみに、「オヤジ国憲法」の「前文」にはこう書かれている。

「オヤジは最高《さいこう》である。

『将来《しょうらい》はなにになりたい？』とたずねられたら、ヤングは、『野球選手《やきゅうせんしゅ》になりたい』というのではなく、『オヤジになりたい』と答えるべきである。

オヤジとは、世界的《せかいてき》、いや、宇宙的《うちゅうてき》スケールで『なんでもあり』な存在《そんざい》である。クサくていい。矛盾《むじゅん》したことを言っても、『あれはもう、しょうがない』と最初《さいしょ》から期待されてないから楽だ。説教《せっきょう》をしながら、プープーおならをしたり、ポリポリお尻《しり》を掻《か》いたりしても、もはや、ひとから咎《とが》められることはない。

オヤジは、底抜《そこぬ》けに自由である。

一方、ヤングは、ほんのちょっとしたことに、『もう死んじゃいそう』というくらい、ヘロヘロになるまで悩《なや》む不自由《ふじゆう》な生き物である。……中略……

オヤジとしては、ヤングの悩《なや》みや混乱《こんらん》に、宇宙《うちゅう》のルールを従《したが》えて対峙《たいじ》する。

すなわち、ここに5条《じょう》15項《こう》の『オヤジ国憲法《けんぽう》』を発布《はっぷ》し、もってヤングに対して、『若《わか》いって、ダメじゃん！』と高らかに宣言《せんげん》するものとする」

なるほど。確かに、「ヤング」は悩み多いものである。というか、悩みごとこそ「ヤング」のアイデンティティーといっても過言ではない。けれども、そういう悩みの大半は、年と共に忘れてゆく。将来、自分はどうなるんだろう↓だから、こうなっちゃってます。愛とは、青春とは何だろう↓いまだにわからない。悩んでも悩まなくても、結果に大差はないのだとしたら、悩むだけ損なのかも。元「ヤング」にして現「オヤジ」のわたしも、時々、そんな風に考えてしまうのである。

だが、この「オヤジ国憲法」を作ったオヤジたちの「オヤジ」度は、わたしなんかよりもっとすごい。聴取者の感動を呼んだ、次の憲法条文を読んでいただきたい。

「第2条　友達《ともだち》ハ大切ナモノニアラズ

いまの世の中、ヤングの悩《なや》みのほとんどは、友達《ともだち》がらみのことだと言われている。(中略)ヤングよ。学校時代の友達《ともだち》は、そもそもその成立《せいりつ》が、不自然《ふしぜん》なものなのである。(中略)そこに通っている子どもとは、本来、ただ『集められているだけ』。(中略)その中で、人間関係《かんけい》を構築《こうちく》するということ自体が、そうとうのアクロバットな技《わざ》を必要《ひつよう》とするのである。(中略)ふりかえって思えば、ヤングは、学校に上がるより前から『お友達《ともだち》』という言葉をシャワーのようにざあざあと浴《あ》びている状態《じょうたい》である。子ども向け番組では『はい、じゃあ、テレビの前にいるお友達《ともだち》も一緒《いっしょ》に、のびのび体《たい》操《そう》をしよう』などと叫《さけ》んでいるわ、幼稚園《ようちえん》では『うさぎ組のみなさんは、あひる組のお友達《ともだち》のあとに入場ですよ。あれ〜、先生の話を聞いてないお友達《ともだち》は、誰《だれ》かな?』と注意されてるわ、(中略)ヤングの状況《じょうきょう》に鑑《かんが》みると、小さいうちから『お友達《ともだち》』という言葉を周《まわ》りから連呼《れんこ》されるうち、ただの知り合いとか、どうでもいいような間柄《あいだがら》までをも、いかにもちゃんとした関係《かんけい》である『お友達《ともだち》』のように、じょじょに、刷《す》り込《こ》まれているのである。これはもう『呪《のろ》い』と一緒《いっしょ》だ。ヤングは『友達《ともだち》の呪《のろ》い』にかけられているのである」

深いなあ〜。目から鱗、というか。ここまで、「友達」ということばの恐ろしさを教えてくれた文章があったろうか。その他、「個性ハ必要ナシ」とか「恋愛ハロクナモノデナシ」とか「そもそも、家族なんてプロジェクトチームみたいもので」「お開き」「ちょうど時間となりました」で「解散するのである」といった、衝撃的なことばが、この本の中には並んでいる。それはどれも、わたしのような「オヤジ」にとって当然のことばかりのような気がするのだ。もしかしたら、この世界で一番進んでいるのは「オヤジ」なのではあるまいか？　さよう、「オヤジ」こそ、真の自由の体現者なのである。

ババァ、ノックしろよ！……じゃなくて、お母さん、ごめん、ドアを開ける前に絶対ノックしてね、だって、おれ……

突然、ドアを開けられる。そういうことはよくある……のか、どうかはわからない。トイレに鍵をかけるのを忘れていて、いきなりドアを開けられてしまう……その場合は、どちらもバツが悪い。それに、どちらも注意を怠ったわけである。そういえば、大昔、わたしがまだ大学生の頃、付き合い始めの友人カップルがわたしの下宿に遊びに来て、ではビールなど買って来るねと出ていって下宿に戻ったとき、わたしはイタズラ心を出して、いきなりドアを開けた……してました、チューを……もちろん、わたしがドアを開けた瞬間、ふたりはパッと離れたわけだが……ごめんね、あれ、わざとです。

というわけで、「突然、ドアを開けられる」ことによって、多くの悲劇、もしくは喜劇が誕生してきたのである。そういえば、この前、動画を見ていたら、ブラジルかどこかで、旦那がいきなりドアを開けたら、奥さんが愛人とベッドイン中。それにも驚いたが、つづいて、なんと、旦那は、奥さんと愛人に向かってピストルを発射！　あれには、ほんとに驚いた。ドアを開けるのも命懸けである。いや、なにかをしているときには、ドアが突然開くということを勘定に入れておく必要がありますね。

ドアを開けても、いきなり発砲、というようなことは、さすがにほとんど起こらないだろう。では、もっとも普遍的な、あるいは、よくある、「ドアをノックせず開けてしまったことによる悲劇、もしくは喜劇」とは何であろう。まさに、その一点にのみテーマをしぼったのが、この本、『ババァ、ノックしろよ！』（リトルモア）である。

「ババァ、ノックしろよ！」か、なんと、胸をうつことばであろう。これは、TBSの人気ラジオ番組「ライムスター宇多丸のウィークエンド・シャッフル」の同名コーナーに寄せられた、リスナーの、心からの叫びをおさめた本なのである。

確かに。青春時代こそ、秘密の多い時期である。しかも、明かされたくない秘密が。とりわけ、母親には、ね！　でも、なぜか、それを察したかの如く、母親は、ドアを開けようとする。そりゃあ、ドアに鍵をかけりゃいいじゃないか、って思うでしょ。でも、現在のところ、ほとんどの子どもにその権利がない。子どもに人権を！　っていっても、「なになに？　親にいえないことをしてるの？」っていわれて「してるんだよ！」といえる子どもは幸いである。とても、いえませんから。かくして、ドアに鍵をかけることもできないまま、心臓をバクバクさせながら、子どもたちは、それぞれの秘密に邁進することになるのである。ああ……。

中二の冬、授業中から具合の悪かった「トムトムくん」は、家に戻るとすぐに二階の自分の部屋に戻りました。体温は三十八度五分、ひどい頭痛と発熱、そして止まらない鼻水。共働きのお母さんが早く帰って来ないかなと、鼻をかんではティッシュをゴミ箱に放っていましたが、やがて眠ってしまいました。すると、階下から妹の声が。

「『お母さん、お兄ちゃんが部屋で一人エッチしてる』」

えっ？　あの、それ、単に鼻水をかんだティッシュなんだけど。すると、今度は母の声が。

「あまりのことに動けない僕に下から母の声。『おにいちゃーん、お母さん帰ってきたわよ』。一段階段を上る音。『今から部屋に行くわよー』。一段階段を上る音。『もうすぐ扉の前でーす』。一段階段を上る音。濡れ衣を着せられた恥辱と小六の妹が一人エッチなんていう言葉を知っていた驚き、高熱によるしんどさ、母親の雑なロスタイムの取り方への怒りが僕のなかでぐるぐるとまわり、なぜか涙が止まりませんでした。ババァ、ノックしてくれてありがとう。でもそのノックで僕の心の扉はボロボロだよ！」

ノックしてくれなくてショック、でも、ノックしてくれてもショックなのか……。

やはり中学二年の「ギームス君」は、エロ本の所有をお母さんにバレた。捨てなさいといわれた彼はあるところに隠すことにしたのでした。そして数日後、学校で授業中に彼のところに家から電話が……。受話器からは泣き叫ぶお母さんの声が……。

「『自宅の庭に、死体が埋められたような不自然な土山がある！』」

ダッシュで戻った「ギームス君」が家にたどり着くと、なんとパトカーの姿が……。

「ババァ、あんな狭い庭に死体が埋まっているわけねーだろ！」

全国のお母さん、とりあえず、青少年の取り扱いには注意！　ドアはなるたけ無断で開けないように！　あと、エロ本ぐらい許してあげて！

初出　ＵＣカード会員誌『てんとう虫』２０１３年９月号～２０１８年３月号
ＪＡＳＲＡＣ　出　１８０４１８０‐８０１

高橋 源一郎《たかはし げんいちろう》

作家。明治学院大学教授。一九五一年、広島県生まれ。横浜国立大学経済学部中退。『優雅で感傷的な日本野球』で三島由紀夫賞、『日本文学盛衰史』で伊藤整文学賞、『さよならクリストファー・ロビン』で谷崎潤一郎賞受賞。著書に『ぼくたちはこの国をこんなふうに愛することに決めた』（集英社新書）、『ぼくらの民主主義なんだぜ』（朝日新書）、編書に『読んじゃいなよ！――明治学院大学国際学部高橋源一郎ゼミで岩波新書をよむ』（岩波新書）など。

お釈迦《しゃか》さま以外《いがい》はみんなバカ

インターナショナル新書〇二五

二〇一八年六月一二日　第一刷発行

著　者　高橋源一郎《たかはしげんいちろう》
発行者　椛島良介
発行所　株式会社 集英社インターナショナル
〒一〇一-〇〇六四 東京都千代田区神田猿楽町一-五-一八
電話 〇三-五二一一-二六三〇
発売所　株式会社 集英社
〒一〇一-八〇五〇 東京都千代田区一ツ橋二-五-一〇
電話 〇三-三二三〇-六〇八〇（読者係）
〇三-三二三〇-六三九三（販売部）書店専用
装　幀　アルビレオ
印刷所　大日本印刷株式会社
製本所　加藤製本株式会社